C o m e
A c r o s s

我愿与你不期而遇

Pluto 等著

民主与建设出版社

OFFICE

孤独是一种骄傲。

每当我想到你，
我的心中，
花开满世界。

愿你的梦，
甜美如你。

FORVM
SAUF
GARAGE
PISCINE

目 录

CONTENTS

我们差一点爱得死去活来 / 李荷西 / 003

唯有青春，不可辜负 / 陈不染 / 013

我坦言我曾历经沧桑 / 康若雪 / 023

只要在路上，每个人都有来不及 / 乔诗伟 / 041

轻舟不过万重山 / 陈若鱼 / 053

懂事的姑娘是什么样子的 / 老丑 / 067

梅梅小姐的婚事 / 刘乐心 / 077

通往婚姻的路上，是我们太挑剔还是奇葩太多 / 萌二 / 093

愿我们还能够再相见 / 孟祥宁 / 099

水仙，七月未眠 / 春杉大道 / 113

我比蜗牛先爱上你 / 文艺 / 127

曾经，你只是爱上了爱情 / 林臻 / 139

再爱的人，都会有遗忘的一天 / 花小雨 / 153

你并不会失去爱的能力 / 蜜糖 / 161

稻田镇的冬天 / 程沙柳 / 169

L 小姐快到碗里来 / 宋染青 / 179

良人 / 郁小词 / 191

我们的孤独是一座花园 / Pluto / 199

还好，我们不只是相遇。

我愿与你不期而遇

我们 差一点
爱得死去活来

文 / 李荷西

方淼淼：我们差一点爱得死去活来

5月3日那一天，我一直在公司忙碌。到了下午，QQ上忽然蹦出一条消息："生日快乐。"

我愣了愣神，看着那个熟悉又陌生的名字恍惚很长时间。

呵呵，四年了，我和杜青嘉的联系大概就止于这每年一条的QQ消息了吧。他一直记得我的生日，并送来祝福。我不知道应该高兴，还是失落。

我曾经爱过杜青嘉，就算那时我还不了解爱的真正含义。当时感觉世界上最优质的偶像来拥抱我，也不抵杜青嘉看向我的半寸笑意。

高二那年，杜青嘉转学到我们班。他长相清秀，看起来就像是言情小说里的忧郁男主角，每天身着白衬衣让他看起来温润如玉。好多女生都对他有好感，肤浅的少女，是表相的奴隶。

有一次下暴雨，我撑伞回家的路上，掉进丢失了窨井盖的下水道。也许任何一个路人都会伸手拉我一把，而恰巧他是杜青嘉。总之，他救了我。他把我从半人深的污水里拉了出来。依稀记得他的手温暖有力，他的眼神温柔笃定。

那天以后，我便在心里种下了一颗种子，满载了一个少女的所有情怀与希冀，开始沉默疯狂地成长。

不知道你有没有过这种感觉。你因为一个人，心变得十分满。无论何时，都盛着他。在教室里坐着，因为他而格外地耳聪目明。他说的每一个字都是金科玉律，纠结于心。他的每一个动作表情，都是著名油画，需要破解其深远含义。

因为矜持，还有必须得遵循的父母说教，我把对杜青嘉的喜欢漏洞百出地隐藏起来。但我猜，他是知道我喜欢他的。你若喜欢一个人，总不会成为秘密。

但杜青嘉并不是一个放得开的人。大多数时候，他都看起来十分克制。他似乎在有意地对我的喜欢视而不见。

我的高考成绩很一般，这是意料之中的事。但杜青嘉竟也考得很差。听说大综合考试，他只填了选择题，所以必须得复读。

暑假里，班上的同学聚会了一次又一次，总是不见他参与。听说，他被他妈关在家里，反思并继续复习。

我去外地上大学前，约他见了一面。暂时不说我当时的忸怩，我记得他特别沮丧。什么也不能让他情绪盎然。他的苦笑，还有因为克制扳手指的样子，让我心酸。在M记坐着的那一个下午，我似乎在与杜青嘉一起经历苦难。甚至有了想陪他一起复读的念头。

上大学之后，我开始和杜青嘉通信，手写的那种，每周一封。偶尔还会买一些复习资料寄给他。杜青嘉给我的回信中，他清秀隽永的字迹依然克制，不涉及感情之事，但他跟我讲述了他的梦想。他想做一名医生，考省内最好的医科大学。

那段时间，是我感觉最甜蜜的时候，我们的心灵如此接近。虽然爱情还在窗子里没有被捅破，但似乎我们真的差一点就爱得死去活来。

第二年，杜青嘉考上了他梦寐以求的医科大学。

暑假里，我们又相约在M记见面。他和他的表弟一起，他依然沉默克制的样子，但看起来状态不错。

从M记离开时，他趁着表弟去厕所的时候，偷偷塞给我一个精致的小盒子。打开，是一个水晶吊坠。抬头，看到他比水晶还闪耀的眼睛。

爱情的窗子打开了一点，窗内的景象若隐若现，那样动人。

我以为那个暑假我们可以有些发展，然而却没有。我经常联系不到他，偶尔见面，他的表弟是甩不掉的小尾巴。

开学后，我们才开始正常联系。但只限于白天，聊天、打电话，仅此而已。晚上总找不到他。问他，他说他妈妈来陪读，晚上会监督他学习。

我无法想象大学生还在继续高中生的学习节奏，也不理解他母亲的陪读行为。

在我看来，大学就是解放了、自由了，可杜青嘉却依然在奋斗。

在与他的聊天中，我曾经试着用激将法，还透露我被其他男生追的烦恼，甚至直接告诉他我心中有个人，他都不做正面回应，好像在有意地回避。后来我终于忍不住对他表白，竟没有收到任何回应。

我渐渐地开始怀疑，他是不是对我一点感觉都没有，甚至，讨厌我？可为什么，他会送我水晶吊坠？

在我的追问下，他的答案是“他妈妈不允许他大学期间谈恋爱”。

纯粹的暗恋也许可以维持很久很久，但期待的心却会渐渐冷却。

我和杜青嘉之间也许有过火花，但没有燃起就已经熄灭。不知道什么时候开始，我们的联系越来越少，甚至不如普通朋友。

年岁渐长后才慢慢明白，包括杜青嘉在内，很多人正在从我的生命中消失。我甚至不知道从什么时候开始，我们之间就慢慢冷淡了。

但到后来，我有了男朋友，我却依然会想起他来。每个与男友的第一次，我都会想如果对方是杜青嘉会怎样。不管怎样，他惊叹过我的青春，我也行经过他的岁月。我想起他来，依然会内心柔软，但不会有希冀。

那依然放在首饰盒里的水晶吊坠，还有每年一次的“生日快乐”，是证据，也是缅怀。

陈源：穿红裙的少女消失在光阴里

我第一次见到方淼淼，是高考结束后的夏天。我受舅妈所托去跟踪表哥杜青嘉。

在 M 记的窗外，我看到青嘉和一个穿红裙的少女坐在一起。那女孩儿化了淡妆，眉眼里全是羞涩的绵绵情意。

我有些心动，也有些难过。因为她一定不知道，她的名字在我们家已经广为流传。舅妈查看了青嘉的聊天记录，并如临大敌地把她邀请青嘉出去坐坐这件事告诉了家里的每个人。最后，我被派去监督约会。

舅妈是个十分强势的母亲。从小，她就爱把青嘉与我比较。我比较调皮捣蛋，心思也没有放在学习上，所以基本上就是全家族的反面教材。而青嘉是模范生，也是她的骄傲。

记忆中是刚上小学那一年，我和青嘉一起做功课，因为一道数学题写错了，舅妈把青嘉的手心打出了血。

之后我再也不敢跟青嘉一起写作业，但依稀记得表哥的眼泪，像断了线的珠子一样从脸颊滚过，还有他抿起来的嘴唇，不抗争的眼睛，似乎已经接受了自己应该被那样惩罚的事实。

但她也很爱他，用外婆的话说青嘉是她的命也不为过。夏天若遇夜晚停电，她能为青嘉扇一整晚的蒲扇。青嘉吃穿用度都是好的，她自己省吃俭用连瓶矿泉水都不舍得买。并且她有点心肌缺血，每当青嘉想反抗，她都会捂着胸口说："你想气死我是不是，我可是有心脏病。"

所以说青嘉背负了她全部的期望和爱，一点都不为过。而在我看来，她却是在以爱为名要挟青嘉完成她所有的希冀。

一直到上高中，青嘉都是好学生，名列前茅自不必说。而周末和假期，似乎也都被舅妈送去参加各种班。他长得清俊，示好的小姑娘前仆后继，但都被舅妈灭在了来的路上。总感觉青嘉的压力很大。高二那年，甚至因为压力过大而有些神经衰弱，症状就是睡不好，无法集中精力，头痛。

休学半年后，舅妈替他办理了转学重读。大概就是那一年，他认识了方淼淼。也大概就是从那时起，青嘉的成绩就不如以前了。但是舅妈似乎并没有放弃对他的期望，她始终觉得她的儿子是人中龙凤，所以给青嘉的压力更甚。

后来高考后，青嘉的成绩让大家哗然，只能选择复读。舅妈甚至怀疑是方淼淼扰乱了青嘉的思绪，让他无法专心。

所以就算是我，也不知道青嘉为了保护方淼淼而做出的努力和妥协。

据我所知，做一名医生，是舅妈长期以来强加在青嘉身上的渴望。青嘉自己，也许有过自己的梦想，可后来被消化磨灭了。

我看过方淼淼写给青嘉的信。因为那些寄往学校的信件，青嘉是不敢拿回家的，只能放在我这里保存。

我看到一个少女心灵的盛宴。她对青嘉的绵绵情意让我甚至心生妒忌。

我问过青嘉，是否也喜欢方淼淼。答案当然是肯定的。说她是他心灵的栖息地一点都不为过。但青嘉却没有与她相爱的勇气。

当然是因为家庭压力。舅妈对青嘉的要求是，在大学毕业之前绝对不能谈恋爱。青嘉的大学在外地，原本连我都为他即将到来的自由生活高兴。但没想到，舅妈竟然办理了病退，要去陪读。

记得青嘉刚上大学那一年，舅妈在外地打电话回来，哭着说孩子长大了就不听话了。大概是青嘉想劝说她回老家去。但她怎么都不同意。后来又发现青嘉和方淼淼的联系，就觉得儿子要被别人骗走了。

吵吵闹闹得全家人都知道。青嘉甚至一度再次神经衰弱，头痛呕吐，吃大把的药片。只好放弃了与方淼淼的爱情。但他用他的方式努力过，方森森当然不会知道了。人的所思所想，是另一个人无法触及和左右的。我没办法说服青嘉，也没办法说服舅妈。

总之，青嘉眼睛里有过一段时间的火，可后来熄灭了。

我的大学生活像麻辣烫，五味杂陈。而青嘉的大学生活却像是苦行僧。大学毕业被保研，还好没有被时间辜负。

这时的青嘉可以去恋爱了，但方森森已经有了男朋友。

方森森一定不知道，她的名字依然会在青嘉家里响起。舅妈提起她来会唏嘘，而青嘉会沉默，有时甚至会和舅妈吵吵上一嗓子。连我外婆都知道她，说起她的名字来，会深感惋惜。

她也不知道，是在失去她后，青嘉才学会了表达和反抗。

而他也一直关注着她，青嘉的电脑收藏夹里第一个就是方森森的微博。也许青嘉以后会遇到别的女孩子，但方森森会是一个标记。她带给他的，与带走的，她的红裙，对青嘉来说都刻骨铭心。

真希望，他们还有机会重新开始。

PENTAX
K1000
ASAHI
PENTAX
ASAHI OPT. CO., JAPAN
smc PENTAX-M 1:1.7 50mm

唯有青春，不可辜负

文 / 陈不染

1

我在万能的百度里搜索青春的定义，得到的结果却是青春期的生理年龄阶段。可见，青春是人生试卷里的一道填空题，每个人都是考生，都由自己作答。

我一直认为我的青春是在初中时代开始的，那正是我和林素心成为闺蜜的时候。

还记得那天是阳光和煦的9月1日，我到镇上的中学报到，正式成为一名中学生。因为身高差不多，老师安排我与林素心成为同桌。当时青涩朦胧的我们，没有想到将会陪伴对方走过漫长的花季雨季，见证着对方的整个青春。

开学第一堂课，老师要求每个人上讲台自我介绍，林素心讲着标准的广州话，如同珠江电视台里的节目主持人一样。她穿着漂亮的连衣裙，梳着光洁的马尾辫，雪白的皮肤，吸引了所有人的目光。在这所农村中学里，她是自带光环的女神。我甚至以与她同桌而自豪。

2

从城市来的林素心，与众不同。

在开学后一个月，已有很多男生向她递情书了，甚至高年级的也在其中。每次在书桌里、课本里、作业里发现夹带的情书，她总会认真地看完，然后用红笔标出错别字和语病，并且写上简短而犀利的评语，比如“语句不通，少追女生多学习”等。然后像语文老师改完作文一样，交给我一一退回。而我之所以愿意做她的“语文课代表”，是因为我乐意看到那些不学无术的男生收到回信时，由欣喜到羞愧的表情变化。我觉得那是一件特别有趣的事儿。

在情窦初开的花季里，林素心的理智与成熟，让敢于给她写情书的男生越来越少。那些幼稚贪玩的男生，只能把爱慕之情转为敬而远之，并私下议论。那时正在热播《红楼梦》，大家都觉得林素心与郁郁寡欢又富有灵气的林黛玉气质相仿，于是都在私底下称她为林妹妹。

很多人都认为林素心整日冷若冰霜，是自恃从城市而来，看不起乡下人。而只有我知道，她不苟言笑的背后，藏着最深的悲伤。

这个表面坚强的城市女孩儿，其实有一个悲惨的身世。她父亲在一次意外中去世，母亲一年后也决定改嫁，把她和一大笔父亲身故的赔偿金从广州送回农村奶奶家。除了按月寄来抚养费，此后再无联系。当13岁的林素心，轻描淡写地对我说出这一切时，我情不自禁地流泪了，而她竟一滴泪水都没有。她说，在爸爸去世时，她的泪水已经流干了。

那次我哭得像是自己才是故事的主角一样，林素心反过来给我擦眼泪，跟我说别告诉任何人，她不想让人知道她是孤儿。就在那一刻，我就决定一辈子都和她做好朋友。并不是因为同情，而是因为她的秘密只说与我知。

3

林素心因为在广州上的小学，基础知识非常扎实，每次考试都轻而易举地排在年级前三名，是名副其实的学霸。她尤其写得一手好作文，总在各种作文比赛中获奖。有一次，她参加一个关于书香节的征文，获得了一等奖，并且拿到了两百元奖金，在当时对我们来说算是一笔巨资了。她带着我到镇上的小书店，跟我说，咱们每人选一百元钱的书。我欣喜若狂地选了一堆《故事大王》和漫画书，而她却选了几本张爱玲的小说。有一天我们在自习课上偷偷地看着这些课外书，我看我的《故事大王》，她看她的张爱玲，突然她用笔圈出一个词给我看，那是“闺蜜”二字，她跟我说，我们就是闺蜜。那一刻，我觉得只有努力地提升自己，才能够配得上她说的闺蜜二字。我开始看她爱看的书，听她喜欢听的歌，渐渐地进入另一片未曾到达过的天地。

我读书时，总有很多不懂的字，我却从来不查字典，因为只要我一问林素心，她准知道的。她天资聪颖，我有不懂的作业，她都能为我解决；每当我有烦恼，她也能为我分析。自从和她成为好朋友以后，我的成绩直线上升，连我那严格要求的教师爷爷也很喜欢林素心，时常让我邀请她到家里玩。尽管她偶尔到我家，但都是彬彬有礼且说话得体，我的家人都喜欢她。

我不知道林素心的早熟，是残酷的命运造成的，还是与生俱来的。虽然很多人都叫她林妹妹，但是在我心中，她一直是我的大姐姐。她让我看名著，带着我骑单车在小镇上走过一条又一条我没走过的路。她总喜欢和我到郊外的一个湖边，那里鲜有人烟，我们坐在草地上，她有时给我讲城市里的事物，有时却安安静静地看着波光潋滟的湖面出神，不言不语，仿佛有一肚子的心事。

4

青春是一辆呼啸前行的列车，有的人上车，有的人下车，很多陌生的人相识，也有很多相识的人离散，而林素心与我一路携手同行。直至大学，我们虽然不是同一所学校，却也是同城的。我们的闺蜜情谊，战胜了时间。

20 岁的时候，林素心交了一个男朋友。那男生是他们学校吉他社的成员，弹得一手好曲俘获了林素心的芳心。自从她恋爱以后，周末都是陪男朋友过的，我们见面就少了，但她还是时常在电话里与我分享她的爱情故事。

那男生叫程朗，在我们粤语方言里，与“晴朗”同音。恋爱中的林素心不像是我认识的早熟的她了，反而变得像孩子一样，羞涩却爱呢喃。那时她说：“他就是我的太阳，让我阴郁的世界变得晴朗。”尽管我对有点玩世不恭的程朗没有多少好感，但是对于这句话还是十分认同的。那些年，林素心的爷爷奶奶相继去世了，留下她孤零零的一个人。她变得更加抑郁，就连我邀请她到我家过年也拒绝了，她坚持一个人留校，独自度过一个又一个冷清的节日。

是程朗的出现，让她阴云密布的世界变得晴朗了，忧郁的林素心前所未有地快乐起来了。程朗是个阳光的大男生，喜欢打篮球，每次打比赛，林素心都会在球场边上为他打气，中场休息时为他递水擦汗。林素心跟我说，每次他进球了都会对她回眸一笑，那是她觉得最幸福的时刻。说这话的时候，她的眉目里全是爱情，我感知到她非常爱他。

5

林素心和程朗从大二走到了大四，那是她最快乐的时光。

然而快乐总是短暂的，在她的世界里，仿佛唯有忧伤才能永恒。

毕业在即，很多校园情侣都难逃毕业等于分手的命运。

程朗的父母早就安排好他去美国留学了。林素心强颜欢笑地送走了程朗，程朗留给她一个承诺——三年后回来娶她。

林素心在机场久久地没有离开，她哭着打电话给我说，从此她就是一个人了。我到机场接她，看见她在角落里哭成泪人。我说：“别哭，程朗也会难过的。”她说：“我刚才是笑着送他离开的。”

我拉着她跳上了拥挤的地铁里，她说："这城市这么拥挤，为什么我觉得那么孤独。"

我知道，孤独并不可怕，可怕的是，在逃离了孤独得到过温暖和陪伴之后，再重归孤独，内心的悲伤就会被无限放大。

6

为了让她不感到孤单，我们租了一套两室一厅的房子同住，决定毕业后留在这座城市找工作。我们奔走在城市的各个角落去应聘，我进入一家广告公司工作，而她却选择了一个与她专业不符的外贸工作。因为外贸公司的HR说这岗位将有机会到美国出差。

然而，天意弄人。上班不到两个月，林素心发现自己怀孕了。这让我们措手不及，我提议告诉大洋彼岸的程朗，毕竟是他的孩子，是去是留他都应该负责。而林素心坚决不让我告诉程朗，她说不想影响他的心情和前程。

她坚定地告诉我："我要把孩子生下来，这是程朗与我的爱情结晶，这也是我唯一的亲人。"我很惊讶地质问她："你知道做未婚妈妈有多大的压力吗？我不同意！"

我知道我不能同意，因为我并不能确定三年后程朗真的会回来娶她。时间能改变很多事情，万一他变心了呢？可是，我终归是拗不过她，在她强硬的坚持和哭泣的哀求下，我无话可说了。

她说，她父亲的身故赔偿金还有一部分存在银行里，拿出来足够把孩子生下来了。在肚子没有凸显之前，她辞职了，一心在家养胎。

然而，远隔重洋的他们，心也仿佛渐渐疏远，万水千山终究让他们的隔阂渐起，煲电话粥的时间也越来越短，最后甚至几天都不再联系，林素心一直对他隐瞒着怀孕的消息，他毫不知情。直到最后，分手在无声无息中默认，林素心心意已决，她要让这件事成为永远的秘密。

她的小腿一天比一天肿，经常呕吐，各种妊娠反应让我非常不安心。于是，我们请来了一个昂贵的月嫂。在月嫂的悉心照料下，她身体好多了。

在一个秋意渐浓的日子里，林素心诞下了一个小女婴。林素心饱受痛苦，可是看着这个长得酷似程朗的小婴儿，她笑得很美。她说，这是上天派来陪伴她的天使，她终于有亲人了！

她给孩子起名叫念念，念念不忘的念念。

7

十月怀胎，生养念念，已经把林素心的钱差不多花光了。在念念一岁半的时候，素心决定把孩子寄养在托儿所里。她重返职场，为了赚更多的钱，她工作总是很忙，老是加班。很多时候，都是我下班后去接念念回家。

念念日渐长大，变得精灵可爱。有一天，她问我，她爸爸在哪里？为什么其他小孩子都有爸爸，而她没有。我不知道如何作答，只能给她买一支棒棒糖塞住她满嘴的问题。

随后，我把这事告诉了林素心。她把念念抱在膝上，很认真地跟她说："念念，你是有爸爸的，只是你爸爸去了美国，等你长大了，他就回来了。"

此时，程朗已出国有四年了。早就过了那个三年之约，而他杳无音信。我开始忧心念念的将来。

再次见到程朗是一个偶然的机会。我与林素心、念念在一家新开的餐厅吃饭，庆祝念念准备上幼儿园。调皮的念念像个小白兔一样蹦蹦跳跳，一不留神便撞上了正端着酒瓶的服务员。酒瓶落地的声音聚焦了所有人的目光，就在这一刻，程朗看见了正在赔礼道歉的林素心和吓哭了的念念，而我看见了程朗。看着这做梦也想不到的场面，我一时不知道怎么办，便想带着林素心和念念离开。然而已经太迟了，程朗已经走到她们跟前。他没有说话，只是目光直直地看着林素心怀里的孩子。而林素心也一时讲不出话来。念念突然就不哭了，气氛非常尴尬和让人不安。

还是念念解了围，她用稚嫩的童声说："妈妈，我要吃蛋糕。"

程朗回过神来，说："素心，好久不见。"

林素心点点头说："嗯，四年多了。"

我们四人在卡座里坐了下来。程朗说："这些年你过得好吗？

没想到你孩子都这么大了。”

林素心没有抬头，淡淡地说：“还好。”

林素心让念念叫叔叔。精灵古怪的念念说：“叔叔，你从哪里来？”

程朗说：“我刚从美国回来。”

念念眼前一亮说：“你认识我爸爸吗？妈妈说，我爸爸也在美国，等我长大了就回来。”

时间突然静止，仿佛岁月是一部黑白胶卷，不停地回放，回到每个人初见的时候，脸上都笑靥如花。我不知道那晚我和素心是如何离开那家餐厅的，只知道我们都喝得很多，程朗早早地就离开了，说不清是愧疚还是无颜面对。我对着林素心说，我的好闺蜜，心心念念，不一定有回响，这么多年，你经历的只有你自己能懂。

她始终没有回应我，不知是醒是醉。

我坦言 我曾历经沧桑

文 / 康若雪

1

20 岁时，我读大学三年级。

一个夏末的午后，我在旧书摊偶然读到帕慕克的《父亲的手提箱》。里面描写了他富有、喜欢欢乐和沙龙的父亲，如何在日常生活和渴望成为作家之间所面临的犹疑。父亲年轻时候去巴黎，在街上看到萨特，把自己关在巴黎破落的小旅馆里，但最终，也只是带回了一些手稿。而帕慕克自己，在伊斯坦布尔的一座公寓里，每日烟不离手地写作，最终在 2006 年获得诺贝尔文学奖。

《父亲的手提箱》里写道：当我说到写作的时候，我首先想到的不是一部小说、一首诗歌，或文学的传统，而是一个人把自己关闭在房间里，坐在一张桌子前，独自一人，转向自己的内心。在内心的阴影之中，他用词语建立起一个世界。

读完之后，我便搬出宿舍，租住在岳麓山下的一所民居里。我的房间在二楼楼梯口的右手边。十平方米的小房间，有一个书架。

书架又高又重，红色的漆早已剥落不堪。我在书架上摆满了那些伟大作家所写的书。

房间外面还有一个小阳台。阳台下面，就是一片橘子林。靠着橘子林，是一棵大槐树。

我遵循着规律的生活作息。每天凌晨5点起床，快速洗漱，然后端坐在书桌前写作，一直写到9点钟。写完后，我走路去后街吃早餐，餐后在校本部散步半个小时，然后去一家餐馆做四个小时的兼职服务员。下午2点钟回去午休，之后去一家旧书店看书。旧书店地理位置偏僻，生意惨淡。老板是一位四十多岁的单身汉，从河南南阳过来。我去的次数多了，就和他熟起来。有时我看书，他看各种杂志，有时两人东一句西一句地说些闲话。等吃过晚饭后，我就回到小房间内，修改早上写好的小说。晚上10点钟，我准时睡觉。

2

秋天深了，橘子已熟。屋外一片金黄色，夹杂在绿叶之中，似彩虹坠落于此。夜渐来得早些，我也就早早回到房间。

一个晚上我正在修改小说，突然响起一阵敲门声。我打开门，门口伫立着一位大胖子。他对我笑笑，说一句你好，又递给我一支白沙烟。

“我，住你隔壁的。”他一边举打火机给我点烟一边说。

“请进屋里坐。”我吸上烟，把他引进屋内。

秋风微凉，他却还穿着一双凉拖。有些破旧的许久未洗的黑色衣服。头发也能看出来是很久未洗。身上有微弱的难闻味道。

他环顾了一圈整个房间，感叹几句，然后在我书桌前的凳子上坐下来。凳子发出“咯吱”一声响。他太胖了，不到一米七的身高，接近两百斤的体重。他像一个肉球那样压在凳子上。

他看到我的书和稿纸，问我是否在写作，我只能点点头。

“不错不错！不瞒你说，我那时候——十五六岁吧，当然，还没这么胖啊——也想过当一个作家。你敢想象吗，整天在日记本里写诗，读海子，读王朔。不过，都是和尹红有关啦。噢，对了，尹红就是我那时候喜欢的女孩儿。”说完，他抬起头看了看我。

“后来呢，不写了？尹红呢？”我问。

“有了她喜欢的人呗，我也就不再写那些破东西了。”说完，他一下子看到我的稿纸，又忙说，“对不起，不是说文字就是破东西，是指——”

“没有关系，我明白你要说的。”我把烟熄灭，把烟蒂丢在垃圾桶里。

“反正那时候就觉得自己被遗弃了一样。不过我告诉你，那姑娘虽然恋爱了，还是会经常找我，不过每次都是在陷入困境之时——主要是借钱啦。直到去年，她才彻底从我生命中消失。”说完，他长叹一口气。

“为什么会彻底消失？”我疑惑起来。

“你看我现在这个样子……”他指着自己说。

我一时也找不出合适的话安慰他。

过了一小会儿，他闷头抽完一支烟，又继续说起来。他告诉我他前年从长沙理工大学毕业，之后去了一家机械制造公司。不到一年，因为和部门经理的一次吵架，他一气之下就辞了工作，晃晃荡荡，也住到了岳麓山下。尹红看他落魄，再也借不出钱，就从他生命里消失了。

“人生啊就如抽烟，抽完之后，灰飞烟灭！”说完，他来了这样一句总结性的感叹。

我一看手表，差五六分钟10点了。

“不过，我一定会赚大钱的。一定要出人头地！让那些人看看！”他说完，又不好意思地笑笑。

无奈，我只得说起我10点钟睡觉的习惯。

这时，他窘迫地站起来，看看我，这才道出了他拜访我的真正目的：“刚刚房东又来催我的房租了，我已经两个月没交了，她说再不交就要我搬出去。所以，想向你借点钱，就是两个月的房租，还有一些生活费。不知道……”

我看着他。他的语气与其说是陈述，不如说是哀求。我借了钱给他，他道了几次谢，说自己叫刘凡，就住在隔壁，然后笑着离开了我的房间。

3

秋去冬来，气温一下子低了，山下尤其冷。寒风就从橘子林里整夜整夜地吹进来。

很长一段时间，我一直没看到刘凡。有一次遇见房东，我就向她打听刘凡的情况。房东说刘凡确实欠了房租，后来补了一个月的。

我就问那刘凡现在还住在这里吗？

房东回答说当然住啊。没交齐房租，但我也没忍心真把他赶出去。她又说刘凡这么年纪轻轻就成了废人，白天窝在房间睡大觉，晚上就通宵通宵地打游戏。

听完之后，我和房东都叹着气，彼此道别。

元旦刚过，一户邻居家里死了人，葬礼办了一个星期，整日里敲打、痛哭。

我辞掉了在餐馆的服务生兼职，上午依旧写作，午睡后就跑到旧书店里看书。那里有一个火炉，火炉里的火总是很旺。老板靠着火炉读各种杂志。我去了，和他打招呼，也就靠着火炉看书。

有时候，老板酒瘾犯了，就无论如何要拉着我陪他一起喝酒。我们坐在书堆上喝酒。他酒量颇高，一喝起来就无节制。我想这冬天喝酒看书度日，也无不可，也就放肆地喝。

有一天，他喝光一瓶邵阳老酒，抓着我的手臂，想哭，但终究没哭。过了一会儿，他还是说起了他的伤心往事来。

他说他在老家曾经有一段介绍的婚姻。女子是邻村一个19岁的女孩儿。那时候他21岁。他们相处了一段时间之后，就结了婚。他本以为他的人生就会这样平平淡淡下去，像村子里的其他人一样，结婚生子、劳作、老去、死亡。但他的妻子却在五年之后跑掉了。把唯一的孩子也带走了，从此杳无音信。

他和父母寻找半年未有任何结果，而村里人背后也不断地传出来闲话。有两种闲话——婆家人虐待妻子，妻子忍受不住非人待遇因而跑了；妻子和别人好了，跟着别人跑了。

他告诉我他自己也不知道原因。虐待之事肯定是没有的，但偷情又不可能他一直毫无知觉。但终究在村子里他也待不下去了，就跟父母说外出再找一找。他南下，到了长沙，就停在岳麓山下了，这一停，就是十多年。

说完之后不多久，他醉倒在了书堆上。我把他拖到他在书店内间的床上。由于放心不下他，就坐在外面书堆里看书。

看书到半夜，突然想起聂鲁达的书《我坦言我曾历经沧桑》。

我走进内间看他，他还昏睡不醒。我继续看书到早上他醒来，和他道别，然后才回到自己的小房间。

4

春天，山上的桃花先开。野花开满山下的路旁。

橘子林里传来各种鸟叫声。有一晚听到啄木鸟的声音。第二天看，啄木鸟在房屋外面橘子林旁的大槐树上啄个不休。我去扰它，它也不闻不问。

又不知从哪里来了一只花猫，常从阳台跳进来，不久之后做了伴，为它取名为“春猫”。

人在春天里也犯了春懒。不愿规律生活，文字也写得少了。于是看完了福楼拜全集、波拉尼奥的小说、普鲁斯特的《追忆似水年华》。

白日里，常带着书就去岳麓山上。找一块避免阳光直射的大石块，或坐或躺，在上面看书。不时就那样睡着了。好多鸟叫声，却一种鸟的名字都说不上来。做各种奇怪的梦，有时竟在梦里乘云离去。偶然得一句诗，就捡起木棍，写在泥土上，风过带来一片叶子，就把诗句掩盖了。

等完全清醒了，就走一段路程，去清泉处，手捧着喝几口泉水。有时还可以看到那些来打泉水的女子。她们大多清瘦，不经意间望你一眼，你的心一下子微微拨动。遇到开朗的女子，看到你傻傻地拿着书喝泉水，还会主动找你搭话，从书到住处到现状问个不休。打好泉水，一起走下山去，聊起平常话，在路口处别离，有些许不舍，但终究没有提出任何请求。她们的背影和笑声消失后，我也一个人回到小房间内。

5

连雨不知春去，一晴方觉夏深。

夏天之后，我终于再次看到了刘凡。他比之前更胖了，头发盖住右眼，使得左眼的浮肿更加明显。不知多久没有洗澡了，身上的味道更浓。

打了几次招呼之后，我就开始偶尔邀请他一起去吃晚饭，他总是兴奋地答应。

“我的就不信我赚不到大钱。若雪，你说，凭什么别人能做到的事，我会做不到？是吧，没有不可能的。”他边说边把那些菜盘里的菜一口不剩地吃光。

“若雪，等我赚到大钱了，我就在长沙给你买一栋别墅，怎么样？到时候你想怎么写作就怎么写作，哪用关在这么个破房子里，是吧。”说完，他发出豪爽的笑声。

又一次，他一口气吃掉了六碗米饭。老板侧目看他，又故意发出奇怪的咳嗽声，他只当作没有听见。

“两天没有吃饭了。”回去的路上他告诉我说。

一次，吃完饭一起回去，刘凡邀请我去他房间里坐坐。我也好奇，就答应了。一走进他的房间，便有一股臭气袭来。房间里摆满了各种乱七八糟的东西。袜子和内裤丢在床下。一个大纸箱，里面堆满了垃圾。一次性饭盒堆满了墙角。

“你坐呀。”他这样说完，便指指床头。我找到相较干净的床中间坐下来。他指指电脑，带着抱歉的笑，又坐回到转椅上。他打完了吃饭前留下的那一局游戏，把转椅转过来，用眼镜布擦一擦眼镜，又用手揉了揉眼睛。

“若雪，你信命吗？”他突然问我。

我摇摇头。

“可是我信！算命先生看了我的生辰八字之后告诉我，说我的财运要在 30 岁的时候才会来到。我就问那算命先生，那财运是多大呢？你猜算命先生怎么说，他说我命里注定是富贵的人，财运至少是上千万。哈哈，上千万啊，是什么概念！放心，我答应在长沙给你买一栋别墅，我一定说到做到。”他信誓旦旦。

“可是你现在一直这样过下去，如何是好？”我还是善意提醒他。

“我？我好得很！别以为我对人生糊涂，其实我清醒得很！”他有些激动起来。

我点点头。

“会想念尹红？”隔了一会儿，我还是忍不住问他。

他听到尹红的名字，眼里竟一下子像迸出了火花。隔了好几分钟，那种火花才慢慢平息下来。

“当然会想她啦！”他点头，停顿一下，像是为了寻找词句，继续说，“虽然知道自己现在配不上她，但总觉得她仍在等待着我似的。只要我出人头地，她就会回到我的身边。”

“爱情关乎的不是你成功与否啊。她如果真的爱你，无论你现在是怎样的，她都会想方设法回到你身边的吧。”

“不，不是你说的那样。那姑娘，现实着呢。她有一次告诉我说，你再这样毫无出息下去，我们便连朋友都没的做了。她就是想要我赚大钱。”

面对他的固执，我只能一个劲地摇头。

临走时，我问他是否还缺钱。

“钱嘛，当然永远在缺钱。不瞒你说，我欠了很多很多钱。现在都没人敢借钱给我了，幸亏遇见了你！”

我借给他五百元钱，一个人走到屋外的阳光里。

6

城市每一年的秋天都不一样。

我 21 岁了。过生日那天夜晚，我一个人拎着酒，趁着月色，上了岳麓山顶。喝酒之后，觉得离月更近了，就一个人在月下舞。回来穿越小路，在山林之中呼啸，到了山下，就去找旧书店老板。

敲了门，却无人应答。在月色下细看，才发现书店的门上贴了一张纸条，上面写“门面转让，价格低廉”。下面是电话号码。

我拿出手机，准备拨打号码，想想终究作罢。

几天之后，刘凡前来道别，说要去深圳。

“反思了好久，觉得还是应该听你的，不能再这样过下去了呀。有句话怎么说的，穷则变，变则通嘛。”他说。

我送他到火车站。

“钱会还的，别墅也一定会买的，请相信我啊。”他说。

我苦笑，点头，祝他一路顺风。

我把写好的小说初稿通读一遍，第二天一把火把它烧为灰烬。之后近一个月不写任何文字。

学校里毕业事项多起来，又有毕业论文，我也就搬离了岳麓山下的小房子，回到了宿舍。

7

元旦过后的第五天夜里一场雪，掩盖了整座城市。

我在商店买一壶浏阳河酒，去拜访旧书店老板，却不想他人依旧没在，店门已关，门上贴的纸条已经辨认不清。我一直等到暗夜将至，雪掩过我的膝盖，才遗憾地离开。我带着酒，又在餐馆炒了几个下酒菜，要了花生米，转而去拜访刘凡。

他已经从深圳回来了。在深圳的三四个月，他换了三家公司。他从心底觉得自己终究不是久居人下的打工仔，但在深圳这样的城市又因生活成本太过昂贵而待不下去。

“还是岳麓山下最好！”回来时我去接他，他对我得意地笑。

我带着酒和菜，敲响了他的门。

他的房间内臭味还在，依旧凌乱不堪地摆满了东西。但电脑已经关上了。墙上贴满了各种纸条。我走近一看，原来上面写满了各种数字和趋势图，我明白过来，原来他在研究彩票。

“我有预感，一定会中大奖的。最高奖金可是能有上千万啊。”他总是那么兴奋。

他一边和我说话一边研究下一期将要出的号码。我递给他一支烟。他抽着烟，打开抽屉，我一看，里面已经整整大半抽屉的彩票。

“等中奖了，就给你买别墅啊。”他说。

他研究完彩票，我们一起喝酒吃菜。

窗外雪已经停了。不远处传来小孩儿的嬉笑声。

我喝到半醉，和他说起旧书店老板的事，两人不免又感叹一番。等酒喝完，我离开他的房间。

门外不知由谁堆了一个雪人。我踏雪而归，不由想起李白《将进酒》，就边走边唱。

8

又是一年桃花开。

春天，我因再次不堪忍受学校宿舍的生活，又搬到了岳麓山下。我再次住在刘凡的隔壁。

“我们真是岳麓山下的难兄难弟呀。”他用这样的话来欢迎我。

他已经没再研究彩票。他开始了创业之旅。

因为家在湘西，他做了一段时间的腊肉生意。他跑遍了长沙整个肉类市场、超市、酒店。仔细计算了成本利润比。但第一笔生意做下来，并没赚多少钱。市场也拓展不开，只得放弃。

我重新在书架上摆满了书，铺好稿纸，继续写作。

我认识了一个女孩儿。她是后街上做凉菜生意的老夫妻的女儿。她没有告诉我她的真实年龄，我想她大约二十五岁。她和我相识之后，常去我的小房间。她看那些书架上的书，不时感叹书里的世界。

她常说起生活的无聊，我就带着她一起出去旅行了两趟，在旅途中才知彼此的各种不合。回来后，两个人都不愿再纠缠，就各自回归自己的生活。

不久之后在凉菜摊上，我看到她和别的男孩儿在一起。她也看到了我，和我打招呼，说希望有机会能去借我的书看。但终究，她也没有再来看过书。

9

夏天，炎热成了城市里的一场病。

各种烦琐的毕业事项完毕后，我从大学毕业，就彻底地归属于岳麓山下了。

旧书店已经被改装成一家垃圾回收站。我向新的老板打听旧书店老板的去向，他只说是回老家了吧。我还是要了电话号码，打了过去。

“实在是怀念在你的旧书店里喝酒和看书的日子啊。”我在电话里说。

“我也是啊。不过有好消息要告诉你，我又要结婚了，女人是我自己在回老家的火车上认识的。”

“这次，一定要幸福啊！”

“小伙子，你也是啊，祝你人生顺利！”

刘凡拉了玩游戏时认识的几个朋友，一起凑了些钱，又开始做起别的生意。他们租了一个房间，改造成冷藏室，做类似于酸梅汤的冷饮。他们首先攻占学校周围的小商店。他们答应给商店的店主主动配一台冰箱，但必须得主要卖他们的冷饮。这样的双赢，商店老板们纷纷答应。

这个生意立马在学校周围红火起来。一个夏天，就扩大到长沙的整个河西地区。

刘凡忙起来，但偶尔有空，仍旧和我一起吃饭。他剪短了发，衣服也穿得时尚讲究了。吃饭不再狼吞虎咽，说话声也轻柔了许多。

他问我，要不要加入他们。

“我还是喜欢写作这件事。”我摇摇头，回答他。

“我总觉得吧，人生不要怕折腾。其实这样兜兜转转之后我也才明白，我要的是什么，以及该怎样去要。我的目标就是赚钱。这说起来有点俗，但就是这样。为了这个目标，我无论如何得努力下去。若雪，你的目标和我不一样，但只要认定了就一往无前地走下去。人生嘛，没什么大不了的！”他郑重地说。

我欣慰地笑了笑。

他接到一个电话。

“一个老板有个饭局，无论如何要我去。”他道歉道。

“其实你早就知道尹红再也不会回来了吧。”临分别时，我忍不住问他。

“啊，那当然。那不过是青春里放纵和荒唐的借口！人生是我自己的！”他整了整领带，大笑一声离开。

我一个人慢慢走回岳麓山下的小房子。我知道，未来在等着我。我知道这样一路走下去，会有光荣、歌声和紫葡萄一般的梦。

只要在路上，每个人都有来不及

文/乔诗伟

我以前写过一首小诗，里面有一句话——只要在路上，每个人都会有来不及。

因此我很能理解在那条诡谲的时光长河里，为什么人们总会手忙脚乱，导致错过许多人，失去很多人。

也许是我们时间总是不够吧，就算来得及遇见对方。

也来不及留下陪在他们身旁。

前些日子我妈骑着小电动车，载着我去镇上参加了一个同学聚会。

聚会地点是一座气派的小别墅，里头是清一色的中年妇女和中年男人。

这些人全是我妈的老同学。

进屋以后，看到他们衰老的模样，我有些好奇他们的青春跟我的有什么不一样，就静静地在一旁听他们说了所有关于回忆的对话。

最后发现也并没有什么太多不同。

时间同样给他们留下了很多遗憾，也许还是更多。

也许我现在所拥有的青春，在几十年后也会变得如他们一般。

在这方面，时间很公平，会让每一个人都慢慢变老。

相互碰杯敬酒，他们的开场白是这样："自从那年毕业以后，大家各奔东西，我们就好久没见过了吧。"

一位阿姨抿了一小口，才说："是啊，好久好久了，十几年还是几十年，你都老了，看那白头发长的。"

另一位叔叔打趣她："还说我们，你也好不到哪里去，皮肤差得很，满脸都是皱纹。"

他们这样相互询问着，透露自己这些年的过往。追忆着自己逝去许久的年华，怀念那已经过去了几十年的青春。

其中有一位在怀念读书的时候，聊到当年那个最调皮的男同学，不知道他现在过得怎么样了。

也有人问起对方还记不记得那个时候，谁谁谁老不写作业被老师天天罚站。

他们敬了往事好几杯酒，聊到高兴处，也是意兴索然时：“我们就这样老了，都有儿有女啦，这辈子不会再有什么改变，一眼就能看到头。”

几十个人的记忆就这样在我的面前汇集，终于到了重头戏的时刻。

他们开始提起那些年发酵的情愫。

有人问起当初那个被所有男生暗恋的女孩儿，不知道她现在过得怎么样了。

有人提起在那个年纪，对方最喜欢谁谁谁。

大人们相互确认着“那你还记得她（他）吗？”之类的消息。

于是那个青涩年纪里藏着的小秘密，在这么多年以后，全都被暴露出来。

时不时有人惊呼：“原来那封匿名的情书是你写的。”

“原来那时候你也喜欢过她啊，那我们当初是情敌啊。”

“来来来，一起喝一杯。”

一个叫徐同舟的老男人在脑海中搜寻，记忆深处浮现一个绑着马尾辫的女孩儿。他和大家说：“那时候我也喜欢过一个女孩儿，可以说她是我这辈子最大的遗憾。”

听到他说出这样的话，一群老男人开始瞎起哄：“那还等什么，我们一起去看看那个被他暗恋的女孩儿吧。”

众人附和：“是啊是啊，车也有，直接开车找过去。”

这个提议得到了大家的同意。

老男人们开着小车就出发了，组成了长长的车队，场面十分壮观。

他们喊的口号是：我们要去找一找当年暗恋的姑娘，去问她要一个自己当年不敢要的拥抱。

一路上，徐同舟看上去有些拘谨，似乎是没料到这个场面。

不过后来他也就释怀了，去就去，自己也没什么好怕的。

车队在小镇里弯弯绕绕十几分钟，一番打听就找到了她家，只是，徐同舟下车以后就在外面发呆。

怎么办？是进去还是不进去呢？

他才犹豫这么一会儿，手心就抓了一把汗，大家又开始在旁边起哄：“来都来了，你就进去打个招呼吧。”

这句话让徐同舟心下稍安，他往前走几步。

快到大门的时候，这户人家的女主人看着这群人："你们是？"

大家统一口径："我们是以前中学的校友啊，就是来看看你。"

他们一边说，一边用眼神示意徐同舟。

徐同舟正准备开口，女主人的老公从里屋探出脑袋："是不是有朋友来了，请进来坐啊。"

他张着嘴巴，好似要说的话又被咽了下去，半天也没吐出一个字来。

大概是三十五年前吧，镇上的中学招了一批新生。

徐同舟是其中的一个，全班一共三十个学生，他刚在老师安排好的位置坐下。

后面一个叫秋实的女生就猛踢他的凳子："你不要靠在我的桌子上。"

徐同舟回头看了一下她，她此时像极了被惹怒的小猫，已经做好了攻击的姿势。

瘦巴巴的徐同舟，咧起嘴傻笑："对不起对不起，别生气别生气，我不是故意的。"

这是因为刚开学，大家都比较陌生的缘故。

见徐同舟这般道歉，秋实知道自己语气有些不妥：“没事没事，我这么说你也不对。”

那个时候每考试一次就会调动一次座位。

秋实因为成绩一直不错，后来成了班上的语文课代表，所以安排的位置也越来越好。

徐同舟就只能在后排远远看着她的后背。

不过这样也不错，他喜欢看她绑着的马尾辫。

或许这就是青春期的喜欢，只要符合心意就会一发不可收拾。到这个阶段，已经有很多同龄学生开始给自己心仪的对象写情书了。

就是那种写信用的老信纸，他们将蹩脚的情诗都誊写在上面，期望博得心仪女生的欢心。

老师们一直对这种事情头疼，为此开了很多次全校师生会：“你们现在的任务是学习，你们的身份是学生，不能早恋。”最后强调违反的人会在全校通报批评。

那个年代通报批评的手段对学生很有威慑力，但即使是这种禁令也很难阻止学生们青春期的躁动。

这只能让学生们的情愫变得更加隐蔽。

毕竟这种事如果被发现，被老师教育不说，自己少不得还会挨家里的揍，会被大家认为是一个坏孩子。

徐同舟也不敢表露分毫，不过好在那时候的爱恋也单纯，他觉得偷偷地喜欢也是一件美好的事情。而且他觉得让秋实也喜欢上自己这事，得慢慢来，不能太急，反正在一个镇上，不用急。

转折点在初三即将毕业的末期，所有人都在为考进一个好高中努力。

学校也变得比往常严格许多。

徐同舟的父亲告诉他，考试完就会带他搬到别的城市。

“别的城市？”徐同舟愣了愣才反应过来，“为什么要搬？”

他父亲解释：“到城市去才更有前途，小镇没什么发展空间。”

也就是说这次期末一结束，他就要离开这个生活了十几年的地方。

他有些舍不得，更舍不得那个绑着马尾辫的女孩儿。

于是他决定做一件自己认为很勇敢的事，在自习课的时候，他跟秋实前面的同学换了座位。

秋实猛踢他的凳子，一如当初。你怎么坐这儿来了，等会儿被老师看到会教训你的。

徐同舟心里有些紧张，可他并不害怕，他铺开信纸，他将所有喜欢她的话都写在上面。

情书刚递给她就被进来的老师发现了。

他本来也准备让值班的老师发现。

老师将信纸拿了上去，随便看了几眼说："有些学生啊，都快毕业了也不好好学习，还在因为别的事情分心。"

登时，全班人的目光都在两人身上。

第二天，这件事就被写在学校的通告栏上。

所有人都知道了他喜欢她，这就是他的目的。

他想要在离开之前，在所有人面前宣布他喜欢她，这是他认为自己唯一能做的一件事。

毕业考试很快就结束了，学生们收拾好行李，陆陆续续地从这所待了三年的学校离开。

这里，很快就空旷下来。

教室被关上了。

小卖部被关上了。

校门也被关上了，透过栏杆还能看见里面的通告栏，上面残存的粉笔字写着：8 班同学徐同舟早恋，向同班同学秋实写情书，全校通报批评一次。

而这些粉笔字也会在几个月以后被值日生擦掉，好像从未发生过。

后来在另一个城市，徐同舟还写信询问同学关于秋实的消息。

她最近过得怎么样？

她考到了什么学校？

她这个月会放假多久？

……

他得到了许多关于她的消息，但是有一个问题，他从未得到过答案。

那就是“她喜欢过自己吗”？

徐同舟不敢奢望太多，他知道她已经很难再同自己有什么关系，要是那时候自己问她要个拥抱就好了，自己就不会像现在这么遗憾。

只是没想到再次相见会是几十年后的这个同学聚会，因为大家起哄才一起去找她。

再见面时，她已经有了爱她的丈夫，有了十几岁大的孩子。

徐同舟有些后悔自己来这儿，他有种破坏别人平静生活的负罪感。

他都一把年纪了，已经不能再像过去那么幼稚。

他没有给出大家想要的反应，也不敢有所反应。

寒暄几句以后，徐同舟就随着不尽兴的大家逃走了。

那个他没敢要的拥抱，早在几十年前就失去了，而且他也不会再有机会得到了。

这一切都怪时间吗？怪情深缘浅有缘无分吗？

可是这世间就是有这么多的阴差阳错，上天让你有时间去遇见某个人，但是当你有所表示，想要更进一步时，时间却来不及了。

你不仅来不及留下，你甚至来不及知道对方关于你的答案。

轻舟不过万重山

文/陈若鱼

1

清晨，黄薇薇悠悠转醒，睁开眼就看到一张干净清澈的脸和陌生的房间。她以为是梦，又迅速闭上眼睛，毕竟从来没有梦见过这么帅的男生啊，多梦一会儿也好。

可身上多处的痛感，让黄薇薇突然想起一件事：自己明明跟队友去鹤鸣山玩滑翔伞了，途中遭遇强风她被风吹去了另一个方向，然后她在风里打转，最后滑翔伞损坏，她不断下坠……

想到这里黄薇薇立即清醒过来，睁开眼看着那张脸，本能地掐了一把自己的大腿，疼得她直抖，她这才知道不是梦。

“昨天你从天上掉下来晕倒了。”男生解释道，“还砸倒了我一片黄瓜架。”

黄薇薇恍然大悟，拍拍胸口不断庆幸自己没死，然后才后知后觉地说：“那你救了我？”

男生像看白痴一样看了她一眼："不然呢？"

黄薇薇傻笑两声，心里不禁偷笑，小命没丢不说，还被这么帅的男生救了，真是她 22 岁人生里最棒的遭遇啊。

正在她幻想的时候，男生端来一些饭菜递给她，顺便说道："我看你是从很低的位置掉下来的，应该没什么大碍，休息了一晚，你再吃点东西就可以走了。"

黄薇薇赶紧接下食物，不断道谢，男生见状就出去了。黄薇薇三两口吃完跟了出去，只见男生拿着锄头，在豌豆地里认真专业地锄草，她看着这个场景，又看看男生的脸，越看越觉得眼熟。

等等，她突然想起来："你是不是新闻里那个名校毕业却去山里隐居的许轻舟？"

2

大概是一个月以前，黄薇薇在报纸上偶然看到一条新闻——大学生毕业后深山隐居。当时黄薇薇还特地留意了一下上面的照片和名字，因为几个室友都夸这男生养眼。

她怎么也没想到，会以这样的方式跟他见面，立刻掏出手机对许轻舟拍了几张照。

"喂，既然吃完了东西就赶紧走吧。"

许轻舟毫不客气地开始赶人，他可没那么多时间陪她胡闹，他的豌豆苗还需要锄草，被黄薇薇压坏的黄瓜架还需要重新搭。

黄薇薇一脸惊愕，没想到表面看起来温暖帅气的许轻舟竟然这么冷淡，虽然她不是特别美，但在学校里好歹也是排名前五的校花啊，被男生赶还是头一回。也许是不服，也许是出于好奇，黄薇薇想多待几天，于是在心里暗暗做了个决定。她故意脚下一个趔趄，扑通靠在木门上，装出一脸虚弱。

“哎呀，我胸口好痛……”黄薇薇一边捂着胸口，一边看许轻舟的反应。

许轻舟见状果然立刻丢了锄头跑过来，小心翼翼把黄薇薇搀扶进房间，边走边自言自语：“奇怪，我都帮你检查过了，没什么伤。要不我送你去医院吧。”

“不用不用……这里距离城市太远了。”黄薇薇赶紧摆手，“我在你这儿休息两天吧，我手机没带，过两天救援队应该会找来这里的。”

许轻舟一脸不情愿地点点头，黄薇薇就这样在他的小木屋待下来，还借了许轻舟的衬衫来穿。一天下来，她发现许轻舟选择隐居的这个地方真的很棒，依山傍水，两间小木屋，院子里种满各类蔬菜瓜果，四周的山脚下还有成片的小野花，傍晚起风的时候能闻见阵阵香气。

许轻舟每天早晨一早就扛着锄头在菜地里干活，很少搭理她；

中午他煮饭给她吃，吃完就在两棵大树之间的吊床上睡午觉；下午看看书，听听音乐，然后去菜地里捉虫子；傍晚一个人穿过野花丛，爬到山顶上看日落。

然而这一切，黄薇薇都不能参与，谁叫她装病呢，只能像个局外人观察一个隐居人的生活。她发现许轻舟已经远离了现代人的生活，不玩手机，不玩电脑，活得清心寡淡，但又充满乐趣。

黄薇薇坐在门槛上，望着山顶上许轻舟的背影，看风吹起他的头发和衣角，突然觉得很羡慕他，在这样一个冗杂喧嚣的世界上，还能保持这样的心境。

当许轻舟穿过野花丛回来的时候，她看着他脸上惬意的笑，竟然有一种从未有过的怦然心动。

“你没事吧，脸这么红？”许轻舟走过来盯着她的脸问。

黄薇薇赶紧捂着脸摇头，心跳得更快了，鼻尖仿佛嗅到他身上的自然气息，带着山风和野花的味道。

第二天，黄薇薇又发现许轻舟竟然跟刚发芽的小白菜说话，可却不愿意跟她多说两句，她都忍不住嫉妒那些小白菜了。

于是晚上吃饭的时候，她告诉许轻舟她并没有受伤只是装的，她可以帮他干活。本以为他会高兴，没想到许轻舟突然变了脸色，拿起她的衣服就要赶她走。

口中还不断念叨：“果然人都爱说谎，比植物复杂多了。”

3

黄薇薇被许轻舟无情地赶到木屋外，一脸莫名其妙，很快天暗下来，四周鸟叫虫鸣，她吓得不停敲门。

好久，许轻舟才放她进来，看也不看她一眼，那时候黄薇薇才知道大概许轻舟对谎言是深恶痛绝的，这也许跟他隐居有关。她说谎在先，所以也不敢找他麻烦。第二天一早，许轻舟就说不等搜救队了，然后开着小皮卡送她离开，她不情愿地看着小木屋消失在她视线里，又看看身侧的男生有一种隐隐的失落。

但很快又心生庆幸，这次她参加俱乐部的暑期飞行，是瞒着父母的，家里不知道她出事，她就有机会再来。

因此，当许轻舟将她送到小镇车站后，问她要衬衫时，她却一脸狡黠："衣服我回去洗了之后再还你。"

许轻舟不知道她打什么主意，但也不好再跟她要，连再见也不说就转身离开了。黄薇薇看着他消失在车流里，眼里满是不舍。

一周后的黄昏，黄薇薇跟俱乐部的队友报了平安，跟家里说了去旅行之后，又一次出现在了许轻舟的木屋前。这一次她准备充足，但依旧没还他的衬衫，死乞白赖在他的木屋里，还说大不了给他交房租。许轻舟无话可说，只得默认，谁让他救了个"磨人的小妖精"呢。

许轻舟去看日落，她也欢快地穿过野花丛跟上去；他跟西红柿说话，她就在一旁发呆；他去锄草，她就帮他浇水；下起雨来的时候，她就帮他撑伞，他赶也赶不走她。

几天下来，许轻舟终于忍不住了。

“你到底想干吗？”

黄薇薇向来直接豪爽，她咧嘴一笑说道：“这还不清楚，喜欢你呗。”

许轻舟似乎完全没想到黄薇薇这么直接，一时倒愣住了，脸上泛出一抹红晕，低下头扛起锄头疾步走远了。

黄薇薇确实喜欢上了许轻舟，不带半点玩笑。她向来知道自己要什么，喜欢滑翔伞就去参加俱乐部，喜欢潜水就打了半年工攒钱去了一趟苏梅岛。从未喜欢过别人的她，这么快喜欢上许轻舟，连她自己都觉得意外，但又仿佛是命中注定。

接下来两天许轻舟看都不敢看黄薇薇，傍晚他去山顶看日出，她就在山脚下看他，这让他觉得非常不自在，但不知为何心里又有一丝丝欢喜。他来山里居住已经一年了，过去一年里除了偶有驴友路过，其他时间他都是一个人，不得不承认虽然悠闲自在，但难免会有孤独的时候，可是这些天有黄薇薇在的时候，他的孤独竟奇迹般地全都消失了。

黄薇薇发现，每半个月许轻舟都会开着小皮卡去一趟镇上，卖他种的菜，然后买回食物和必需品，但是自从她来之后，许轻舟不得不一周去一趟小镇，买生活用品和一些食物。

她还发现，不知哪天开始许轻舟没有再每天三问她“你什么时候走”了。

4

黄薇薇很好奇许轻舟为什么要隐居，可一直没敢问。那天，她跟着许轻舟爬去山顶看日落，没想到他自己先开口说了。

原来，许轻舟的父母在他很小的时候就离婚了，但一直瞒着他，上高中的时候才知道，父母都有了各自的家庭，母亲甚至已经给他生了个妹妹，他觉得整个世界都崩塌了。高考后整个暑假他都把自己关在家里，一次也不曾出门。

大学之后，他就不跟人来往，不参加任何社团活动，像一个独来独往的怪人。渐渐地，他不喜欢嘈杂的世界，不懂得跟人交际，也没有任何朋友，从未恋爱过，因为他觉得自己跟这个世界格格不入。

因此，在大学毕业后他就抛开一切繁杂，在山里寻找了这一片地租了下来，方圆几十里都只有山和植物，这让他觉得无比自在。两个月前，有几个驴友经过这里，其中有个人是个记者，就把他的故事写在了报纸上。他不想被人打扰，所以没将地址透露出去，没想到仍然会有人从天而降，闯入了他的世界。

说到这里的时候，许轻舟自己都没发觉自己的眼神里闪过一丝奇异的光芒。

黄薇薇听完呆滞了好几秒，她看着身侧的男生，眼里有夕阳和远山的倒影，她突然觉得有些心疼他，不知不觉握住了他的手，她感觉到他手心的潮热以及微微颤动，但最终还是没有松开她。

两人的气氛变得奇妙起来，谁也不看谁，但却轻轻握着手，夕阳在他们眼前消失，远山逐渐看不清晰，晚霞也渐渐淡去，星辰发出光亮，他们才下山。

第二天一早，许轻舟刚起床就看见餐桌上摆着早餐，尚有余温，而黄薇薇正提着水壶给西红柿浇水，穿的是他的衬衫，但他仿佛后知后觉一般，觉得那一刻的黄薇薇特别动人。也是在那一刻，他突然发现长久以来他都只顾着拒绝别人，蜷缩在自己的世界里，但却忽略了自己对陪伴的渴望。

不然，有驴友经过跟他说话时他会紧张和激动，驴友离开后他又期待下一拨途经这里的人。虽然他每天都跟周边的植物说话，可是他内心知道，他其实是渴望陪伴的，因此那天他看见黄薇薇再次归来时，他的心扑通狂跳，欣喜不已。

黄薇薇见他醒来，冲他招招手，笑得如三月盛开的桃花，灿烂且温暖。

5

暑假只剩下十天，黄薇薇必须回家了，开学以后她就要开始大学最后一年的时光了。

许轻舟那天起得晚，两人吃早餐的时候，都没有说话。黄薇薇回房间收拾行李，一边收拾一边念叨，人人都说女追男隔层纱，可她用了半个月都没追到许轻舟，不由感叹：哪里是隔层纱，明明是隔了好几座山啊。

不过所幸来日方长，她还有的是机会。

开车四十分钟的路程，许轻舟那天却开了一个小时二十分钟。黄薇薇心里有一丝欢喜，她想大概许轻舟对她也有一丝不舍吧。于是，在下车之后她突然凑到他面前，两个人的脸仅仅有五厘米的距离，她看着许轻舟的眼眸里的自己问道："你真的不愿意做我男朋友吗？"

许轻舟的脸唰地红了，慌忙推开她说了一句再见，就开车匆匆离去。他不想拖累黄薇薇，现在她也许是一时新鲜，但长久下去她必定会厌烦吧，毕竟繁杂的世界诱惑太多，与其这样，不如不要开始。

开学以后，黄薇薇无时无刻不想念许轻舟，也挂念起她浇过水的西红柿和捉过虫的秋葵，不知道熟了没有。那时候，她才知道原来喜欢一个人真的会爱屋及乌，见不到对方时会这样煎熬。在学校里看见外形相仿的男生，她都会发一会儿呆。

正在黄薇薇打算逃课去找许轻舟的时候，却在校门口意外看到了他，激动得险些飙泪，她迈着大长腿穿过人群一下就扑进他的怀里。他吓得一个趔趄，却没推开她。

“你来找我吗？”她一脸兴奋。许轻舟支支吾吾点头。

“你想我啦？”黄薇薇说完一副羞赧。许轻舟赶紧摇头：“我，我只是来还你滑翔伞的伞具，我帮你补好了。”

“那伞具呢？”黄薇薇看他空空如也的手。

“忘了带。”许轻舟自己说得都没有底气。

黄薇薇一听扑哧笑出声来，看着憋红了脸的许轻舟，从心底里涌出一阵感动，她知道他一定是专程来看她的，却不肯承认。

黄薇薇挽上他的手臂，笑得合不拢嘴，许轻舟看着她的笑，也不由得弯了弯嘴角。自从黄薇薇离开以后，他每天早上起床看着菜地和四周的山，觉得内心空落落的，做什么都没有心思，所以他才忍不住想要来看看她。

黄薇薇却为自己刻意留下学校地址高兴不已，她仿佛早就知道他会来一样。

6

一到没课的时候，黄薇薇就去山里找许轻舟，超过十天她没去，就会在校门口看见他，甚至为了她，他重新用上了手机，只为在深夜的时候跟她说一句晚安。所有人都以为他们是情侣，可是许轻舟却怎么也不肯承认，只承认是她的朋友。

他怕一旦答应她的表白，他们就要走到尽头了。

他不想回归城市生活，也不想让黄薇薇跟她在山里吃苦。他甚至想过不要再见她，可总也忍不住。

黄薇薇隐约知道他的顾忌，也曾愿意跟他在山里待一辈子，可是他还是不同意。这让她很是苦恼，她必须想个办法。

深秋的时候，许轻舟跟黄薇薇正在给一片辣椒浇水，突然从外面涌进了好几个记者，对着他们一阵狂拍，甚至有人举着话筒来采访他们。

许轻舟一头雾水地看向黄薇薇，她却正笑得狡黠。

既然他死活不愿意做她男朋友，她只能放狠招了，三天前给几家报社写了一封匿名信，称有一对大学生情侣隐居山林种菜为生，还留了详细地址。果然，今天就有记者来采访了，明天报纸上就会登出他们的消息。

这样一来，许轻舟不同意也没办法了，所有人都知道他们是情侣了。

许轻舟听完她的话愧疚不已，他因为自己的私心不肯答应她的表白，可她一个女生却抛下自尊心做了这么多，只为跟他在一起，他这个胆小的浑蛋怎么可以再次拒绝她。

看见许轻舟终于在镜头面前说，她是他的女朋友，黄薇薇激动得险些落泪，当着这么多记者的面，冲上去吻了一下他的脸。

后来，黄薇薇说她就是笃信他也喜欢她，所以她才敢这样大张旗鼓地向世界宣布，他们相爱着，无论是城市，还是山林，她都愿意陪他到世界尽头。许轻舟看着满脸幸福的黄薇薇，忍不住感慨：他这叶轻舟，终于还是没能敌得过她如重重远山的爱意和勇气。

懂事的姑娘是什么样子的

文 / 老丑

1

我认识老苏六年了，也写过她的一些故事。

起初，我认为她是傻的，和懂事没半毛钱关系。

当然我指的这种傻，不是智商的问题，而是情商的问题。她对周围的一切事物和人，似乎从不设防。

除了给地铁上的卖唱乞丐塞钱这种事，她还可以理解别人插队，容忍快递小哥让她去楼下取件，无条件接受领导分派任务。

我问她：“为什么可以容忍别人插队？”

她说：“就一两次，谁没急事会插队呀。”

我问她：“快递小哥的本职就是送货上门，为什么不让他上楼？”

她狡辩："楼下已经算到家门口了，还想怎样。"

"那领导多分派给你任务呢？"我一直觉得这是最让人崩溃的事情。

"哦，做完她就不会一直盯着我，我就可以安心逛淘宝啦。"她如此轻松地说。

从开始认识老苏，我就一直告诫她："你这样早晚是要吃亏的。"甚至有时候我会像愤青一样骂她："说不定哪天那些人会被你惯坏，对你变本加厉。"

"不用你操心，姑娘我一直都很幸运的！"每每这样，她总会吐吐舌头，一笑而过。

每天穿梭在行人中，却从不在意行人的举动，她像戴上了防御罩一样，游刃有余地走在人群中，陌生的或熟悉的。

她把自己的最弱点暴露在人群之中，却没人可以伤得了她。

2

老实说，我常常有一个超级变态的想法，心想让老苏吃吃亏，她可能会清楚一些。

可让我失望的是，时至今日，她都嬉皮笑脸、完好无损地站在我面前。

每次我问她为什么还不吃亏，她仍是嘻嘻哈哈：“幸运呗，姑娘我说过一万遍了！”

看着她放肆地滋润地成长着，在事业上，在爱情里。我感到一种莫名的不服。

这种不服，是不解的代称。

人生在世，我们这等凡人都要挨过千万个磕磕绊绊，才能安然度过一生。而你，凭什么不费吹灰之力，就可以躲过世间劫数呢？

这种困惑，一直憋到某次唱K。借着酒劲我问她：“像你这样的姑娘，是不是心大没烦恼？”

她说：“不管心大心小，也还是有烦恼啦。”

“比如呢？”我问。

“我妈病了。”她说。

虽然我喝了点酒，但也能感觉自己一定是问到了不该问的话了。

房间的聚光灯，似乎都聚集在我和她身上，天花板跟着白瓷砖不停旋转。我想岔开话题，她却突然似笑非笑告诉我说，她家的事儿多了去，烦着呢。

我让她细说，她却说，有些烦恼不想与人分担。

而后，她则戛然而止切掉话题："等事情结束了，我再告诉你吧。"

临走前，她怕我多想，还特地拍拍我的肩膀："放心吧丑叔，有事会找你的；现在告诉你真没用，你跟着着急，也帮不了忙。"

很少人会在意别人的想法，她可以。

很少人会在意这种细节，我也可以。

那是我第一次觉得她不傻，不但不傻，而且还特体贴、理智、成熟。

3

当我知道老苏"妈妈生病"一事的原委，已经距唱K两个月以后了。

当然，她跟我讲述的时候，是成片成片的，显得风轻云淡，可整件事的原委，却远没我想象的简单。

老苏妈妈生病是假，装病来京，逼她和男友分手才是真。

我见过大浩，老苏的男友。做老公是不错的人选，略带闷骚但很会体贴人，普通职员但工资上缴，除了身材、外表略有逊色，其他的地方真挑不出什么毛病。

可老苏妈妈就是死活看不上人家，说他丑，说他穷，说他没能耐。

于是苏妈一开始用硬套路，逼着老苏回家相亲；后来用软招式，让老苏自动放弃；实在没办法，最终用了最狠的一招——苦肉计。

这事儿摊谁身上，都是难缠的。这无异于“你妈妈和你男友掉河里，你先救谁”这种抉择。

大多情形，许多姑娘要么受不住妈妈的苦情，最终含泪发男友一张“家长卡”，要么为了心中的白衣少年，与亲娘断绝关系，“爱孝”不两全。

老苏没有做出选择，她更喜欢用自己的方式去处理问题。

这一个多月，她耐着性子忙上忙下，每天带着男友一齐去她家照看，几乎风雨无阻。

差不多快一个月，趁男友不在，她偷偷趴在妈妈耳边问她：“老妈，这不是你想要的女婿吗？”

妈妈惊讶地朝她看了一眼，没有作声。

“我早就知道你没病装病，故弄玄虚！你骗不了我的！”她又淡淡地说。妈妈仍是没有开口。

“可能他的长相令你讨厌，工作令你不满，但这并不妨碍我们的生活。”老苏接着和妈妈讲道理，用她想用的方式，“我一早就发现了。但我没拆穿你，知道你是为了我好。”

剩下的过多细节，都是母女之间的感情戏。哭了一番之后，第二天妈妈就买票回老家去了。

“如果这就是我想要的男人和生活，你忍心打扰吗？”我只记得这一句，老苏说出来之后，语气很庄重。一个多月的忍耐和委屈，仿佛在这句话过后，显得微不足道。

她并没有用自己最坚硬的态度，直接刺痛母亲的关爱；而是用最直接的行动和语言，去抚摸着母亲内心最脆弱的地方。

4

隔了好久一段时间，等这事情烟消云散的时候，我问她：“你把这事儿告诉大浩了吗？”

她说：“这种事情不可能告诉他的。”

“为什么不告诉他，这种事不就应该告诉男人，让他对你心存感激吗？”我反驳她。

可她却淡淡地说，她不想让大浩觉得，她爱他是一种施舍。

她还说，她也不想让大浩误会，以为妈妈是真的嫌弃他，而不是心疼自己。

我问她，要是大浩最终负了她，她会怎样。

她摸了摸脑袋，说她的确没想那么多，她只知道如果喜欢上一个人，就应该为彼此努力，如果这段感情有了阻碍，就应该尽量克服。

“真傻！”我还是没有憋住，冒出了这句话。

“哪有？我不傻的好吗？”她嘻嘻一笑，“如果他骗了我，我也会反击的好吧？”

“怎么反击？”我问。

“我会问他，你忍心欺负像我这么懂事的姑娘吗？”回答完，她又模仿大浩跪地求饶的样子，“哪能呢，女王？一定是奴才错了！”

恰在那个时候，我从老苏嘴里，找到了一个描述她最妥当的形容词——懂事。

5

很庆幸，我周围还有一些这样的好姑娘，懂事，真的很懂事。

善良、单纯、自然、真诚、体贴、靠谱、理智、成熟……即便把这些褒义词全部抛给她们，也不为过。

这种懂事，是能够多从别人的角度去理解别人；而不是不分青红皂白，也不是一味忍让。

这种懂事，是可以拿捏分寸，让周遭的关系处理得很好，懂得何时该哭，何时该笑，何时该忍，何时该闹。

这种懂事，是真的不去担心未来，也不去挂念过往，一心把手里的经书读透，把当下的恋人爱够。

如果懂事，或许就能知道，有些事越是计较，就越难抓住。折腾一番，不如重回起点，看看自己当初最简单的样子。

老苏就是这样的姑娘。

她可以等妈妈接受大浩，也可以等大浩慢慢成长，等他晚归到家，热菜热饭。

我娘也是这样的姑娘。

我娘不吃辣椒也不吃醋，但我们往菜里乱放，她也可以笑着看我们把它吃光。

梅梅小姐的婚事

文 / 刘乐心

1

梅梅第一次向全世界宣布她再也不会纠缠那段陈旧的感情时，才刚刚过了23岁的生日。其实，在她的全世界里，无非只是那张照片和那个人。

我依稀记得梅梅的那条微博，并没有多余的文字，只有一个笑脸，下面配有一张和黄色笑脸同样开心的婚纱照。复古的化妆台亮起了一圈炫目的灯光，镜中的梅梅左手拿着精致的彩妆盒，右手拿着粉红色的胭脂刷，美目流转，对镜自怜。新郎站在她的身后，双手轻轻搭在她微微裸露的香肩，满脸堆笑。

那时的我趴在床上无聊地刷着微博，漆黑的卧室里只有电脑屏幕泛出了微微白光。我看到之后手忙脚乱地打开床头灯，在床头柜的抽屉里翻出了已经关机的手机。梅梅在电话的嘟声还没落音之时就对我懒洋洋地说了一声“哎”，弄得我呆呆地不知道从何说起。

电话两边静默了好久，我终于小心翼翼地问："你不觉得可惜吗？"

"既然当年他选择出国，就选择各走各路了吧！"梅梅好似卸下沉重包袱一般，长叹一口气。

我听得出来这一声长叹之中还有很多不甘。看着电脑上的盈盈笑脸，只觉得距离现实太遥远。

现实中的我已经北漂一年，在公司内依旧提心吊胆，梅梅刚刚回到家乡，在父母安排的事业单位忙来忙去。

我们每天都要有的没的说上几句，可梅梅却从未向我透露有另一个男人进入了她的生活。我也一直平静地期待她等回那个人，那个和她纠缠不清二十年的林木杉。

2

林木杉是梅梅青梅竹马的小伙伴，两个人从幼儿园开始就在一起上学。九年义务教育结束以后，林木杉考上了重点高中，而梅梅的成绩却不尽如人意。梅梅的家里想办法把梅梅塞进了同一所高中，巧在和林木杉在一个班。

梅梅在高中时代混得也算是风生水起。运动会能给班里拿几个第一，学校办个什么晚会也能登个场，只不过成绩依旧差强人意。

林木杉依旧成绩优异，面对梅梅依旧充满了温暖。运动会帮梅梅准备葡萄糖，晚会回来后给梅梅准备热腾腾的姜汤，课堂笔记复印得整整齐齐，晚上 9 点下了自习把梅梅送到楼下。

可是他们没有激动的初吻，甚至没有暧昧的牵手。

终于在高三的某一天，梅梅在运动会之后被高一的小学弟表白了。小学弟信誓旦旦地说："虽然我年龄比你小，但是无论你考到哪里，我都会把那所学校作为目标。"

小学弟很快成了过去，这件事不过成了梅梅和朋友间嬉闹之际的玩笑。

只不过，某一天晚上，林木杉把梅梅送到楼下之后，没来由地说："这一年你要多努力，要不然怎么和我上同一所大学。"

正在锁自行车的梅梅愣住了，车锁都没能一次扣准。她弯着腰，侧过头仰望着林木杉。昏黄的路灯照着林木杉的板寸，梅梅突然间发觉林木杉变得陌生了。这个陪伴自己十五年的小伙伴，第一次超脱了她心中的印象。

梅梅张了张嘴，却不知道应该说些什么。她想说"你管得着吗"，还想说"不用你说我也知道"，还想问"你今天怎么了"。可是太多的话都没办法冲破她的嘴唇。她就这样手里拿着车锁、弯着腰、侧着脸，愣愣地盯着林木杉。直到林木杉说了句"bye"，骑车走开，梅梅才觉得这个奇怪的姿势让她腰疼脖子疼。她直起身，看着林木杉的背影，才发现这是她第一次目睹林木杉远去。

此前的梅梅从来没有想过，林木杉会在某一天离开她的生活。这是一个没有出现在试卷上的选项，更是一道没有出现在试卷上的考题。第一次，梅梅开始思考她和林木杉应该算是什么关系。

她本以为会想上一晚上，然后在麻雀的叫嚷声中迷迷糊糊地起床。可是，她躺倒在床上就睡着了，直到闹钟响起来。

上学的路上，她都感觉自己对林木杉太不负责了，怎么能想都没想就睡着了呢。林木杉能说出这种话，基本上就相当于在说“你一定要永远和我在一起”呀！

3

在那个燥热的六月，梅梅结束了她的高中生涯。她在走出考场的时候就知道了结局——她和林木杉走不到一起。

尽管她在最后的这一年用尽了气力，也无法弥补她和林木杉之间的距离。她曾经毫不在意，总觉得这种距离会自动拉近，会神不知鬼不觉地化为乌有。可是这一次，再也没有人能够在背后默默地推她一次了。

这一个暑假，梅梅有了足够的时间思考她和林木杉的未来。可是，林木杉却不见了踪影。

梅梅放弃自我了，每天独自混迹于各个网吧。在乌烟瘴气的大厅里找一个角落，孤独地看着各种白痴偶像剧。本来是想让自己省省脑子，却不得不对着电视剧中各种女二号富家女着急。明明有着显赫的家世，明明有着优质的颜值，明明有着过人的学识，这样放在任何一个精英群体内都能闪闪发光的女人，何必非要绕在一个只爱“清粥小菜”的男人身边。

“你又不缺爱！”梅梅心里感慨，可是她自己也知道，她就是绕不过林木杉，哪怕自己也不缺爱！

她知道，自己也和女二号们一样。即使得不到爱，即使没有未来，总还要去试一试，就好像溺水之人最后一次试图抓住什么。如此，死也心甘。

就这样，梅梅空着本科的志愿，去林木杉的学校读了专科。这一次，谁也没有想到，她赌上了自己的未来。

不过，学校的专科和本科并不在同一个校区，而是在城市的东南和西北遥遥相望。

就是在火车站的出站口，我第一次见到了梅梅和林木杉。

他们在一辆出租车旁边争论着谁先谁后，梅梅甚至让司机师傅把行李都装到车上，想先送林木杉然后再去自己那边。

林木杉一直不怎么说话，但每说一句都不给梅梅反驳的余地。直到后面的车队开始催促鸣笛，林木杉终于把梅梅塞进后座，又从后备厢里取出自己的行李。合上后备厢的瞬间，出租车就开走了。梅梅摇下车窗喊着什么，林木杉只是笑着挥手再见。

然后，我和林木杉开始了第一段旅程。

是的，我鼓起勇气说："我和你一个学校，拼个车吧！"

一路上，林木杉坐在副驾驶的位置上一言不发，而我在后座上，欣赏了三十分钟他的左后方侧脸。

4

此后四年，我作为林木杉的同学却成为梅梅的闺蜜。

她时不时就穿过大半个城市来找林木杉。夏天热得大汗淋漓，冬天冻得直流鼻涕。偶尔她闹着不回去，错过末班的公交车，林木杉便把她拉到我们宿舍楼下。

后来，梅梅成为我们的"编外"舍员。她置办了全套洗漱装备、换洗衣服以及冬天的厚被子，时常和我挤在那个一米宽的上铺。

她的大学前两年，在我的床上睡了一年半。

可是我还是没有从林木杉的口中听到"我女朋友"这样的称谓。偶尔调侃起来，我会说梅梅是"你家小姐"，他也笑而不语。

我和梅梅不止一次谈论过林木杉的态度。我说她付出太多，林木杉就把这种给予当作平常。可梅梅却坚定地认为，林木杉只不过是不会表达，他还是会把所有的关心和爱倾注进很多细微的动作中。

林木杉会把面条里的葱花挑出来，会给懒得系鞋带的她买魔术贴的帆布鞋，会时刻准备着雨伞，会帮她勾出推荐书目中的重点内容……

可是我们谈的种种都建立在林木杉对梅梅有感情的假设之上。我们从来都没考虑别的可能。

5

大三那年，林木杉准备出国，梅梅准备专接本。

开学的第一天，梅梅和我喝了人生的第一次大酒。一杯又一杯的老白干下肚以后，梅梅再也不是原来的梅梅，不再是乐观、无所谓的态度，嘴里充满了碎碎的抱怨。“我身边从来就没有缺过男生，凭什么他就觉得我一定会永远在他身边。我每次对你说他有多么贴心时，都是在给自己继续下去的力量。他从来不会说爱我，从来没有对别人介绍我是他的女朋友，从来不会主动地给我打电话，他就从来没有爱过我！”

“那你这么多年的付出算什么！”

“算被狗吃了！他要是真能发觉没我不习惯，我也就算赚了。他要是无所谓，我认栽！这一年我再也不会来了。”

酒后，我们两个女生在校宾馆待了一晚，轮番在卫生间呕吐，一直折腾到天明。

从那以后，梅梅就再没有来我的宿舍住。

偶尔我问林木杉："你家小姐忙什么呢？怎么不来了？"

林木杉也只是轻描淡写地说："她在准备专接本的考试，明年就能过来和你玩了。"

而当我给梅梅打电话，问："最近他有没有联系你？"

梅梅也同样轻描淡写地说："他要准备出国，没时间吧！"

这句"没时间"可能又是她安慰自己的一句话吧！

一年以后，梅梅搬来了我们校区。

我从心底为她开心，因为我觉得她终于为自己奋斗了一次，终于甩开了林木杉的影子。

尽管他们依旧一起坐着火车来上学，依旧一起逛街，依旧一起去图书馆上自习，可我觉得林木杉再也不是梅梅生活的全部，再也不是影响她做决定的主因。

也许爱情，再也不是她的勇气和动力，再也不是她的心脏，只不过是头发和指甲，剪掉也不会觉得痛了。

6

我开始北漂的那一年，林木杉出国读研，梅梅留在学校读大五。

圣诞节的下午，梅梅给我打电话，说来找我。于是我们在东四胡同里的一家烤串店里，喝了人生的第二次大酒。

一杯杯常温啤酒让我的肠胃降至圣诞夜的室外温度，而当我从梅梅的手机里看到林木杉和另外一个女生在舞会上的合影时，我确定梅梅的心冷若冰霜。

梅梅平淡地说："我想，他可能从来都没有爱过我。"

"那你们之前算什么？"

"我也不知道大学之前的那几年对林木杉是怎样的一种感情，很奇怪。现在想来，我从来没有感受过早恋的那种怦然心动，甚至都不是那种哥哥妹妹的感情。就好像自然而然地在一起上课、补习，超越了男男女女的性别差异，没有任何内心波动，连同学老师都不觉得我和他之间有什么。"

"你和他在一起二十年了！"

"可是没有爱，二十年也抵不过二十天。"梅梅喝下一杯酒，"我原来对你说了那么多，想了那么多，可是最根本的假设就是错的！他根本就不爱我！他和我在一起只不过是习惯了，什么感情都不是。"

“那些付出终究是被狗吃了。”

“也还好，至少我决心复习考试的那一年，多少也算看开了。”

或许跟着一个人太久了，生活就不再需要动力，顺着惯性就会向前走了。可是惯性突然间没了，生活也就无所适从。

就算对林木杉的爱情不过是头发和指甲，总不能一次就拔光吧。

我们相互搀扶着从东四走到王府井的教堂，又顺着长安街一路向东，走到我在东五环的合租房。这一路我听了她和林木杉二十年来所有的故事。所有的故事都在证明梅梅一直是单恋。所有的故事也在证明，不表态的男人，同样不是好男人。

我们骂着林木杉的这个晚上，狂风吞噬了所有的仇恨、理智和体温。等我们回到出租屋的时候，只剩下空洞身体对着发热的小太阳。梅梅一直都没有哭，也许她是哭得差不多了才来找我的，也许她在大三那一年就已经哭完了。

之后的时间，梅梅开始“照顾”围着她转的那些男生。我以为她彻底放弃了过去，却发现她的微博始终定格在圣诞节前的那一条——如果我还是要等你回来……

7

梅梅和未婚夫举行了简单的订婚仪式，只有双方的家长在场。

在我以为梅梅这次彻底“翻篇”的时候，梅梅说，她不知道这样短暂的相识会不会有一生的幸福。

先结婚，后恋爱？

随机遇到一个相爱的人，概率有多小。

“既然已经选择，总要去走完吧！”我只能安慰她。

“嗯，至少，所有人都说他是一个老实人。”

梅梅的未婚夫是一个从来没有走出家乡城际边界的老实人。老实人的祖祖辈辈在这座城市出生、奋斗、化归尘土，他也在这座城市完成了从幼儿园到大学的十九年的学业，并规划好他未来四十年的职业生涯。

听上去，梅梅这一生的托付也算安稳。况且，从结婚照来看，老实人长得也算及格。

老实人定期和梅梅约会，无非就是吃饭、跑步、看电影。有时候还会询问梅梅对婚房的意见，着手准备装修。

可就在梅梅开始练习婚后应该如何与老实人相处的时候，老实人悔婚了。

悔婚的破坏力远远超过所有人的想象。

这场婚事在当地备受关注，请帖、酒店、婚庆、家装……一切都已经按部就班地分配安排好，只等着吉日来临。哪想到，老实人让梅梅摔了一个大跟头。

当地的梅姓家族似乎全部受到了侮辱。梅梅的婚事似乎成为梅家的禁忌，好像谈一谈都会触了霉头，让自家的未婚女性面临同样的窘境。

我安慰梅梅，现在悔婚，总比结婚以后再离婚好。

梅梅却只是对我说：“等我把手头的工作交接完，就去和你一起北漂。”

我不明白她在家里一切安好稳定，何必像我一样在北京受苦。梅梅只说了一句话来解释：“我受不了走过每一条街道，要么就想起林木杉，要么就想起老实人！”

那座生她养她的城市，最终只给她留下悲伤的记忆。

8

梅梅正式落户我的双人床那天，我们俩用电磁炉煮着羊肉片和冻豆腐，喝了第三次大酒。

这一次梅梅终于哭了，哭得痛彻心腑。

“为了成为世人眼里的好姑娘，我这辈子走得谨小慎微、战战兢兢。我在林木杉面前晃了二十年也没落个名分，在老实人这儿捞了个名分却又被收了回去。我凭直觉追着林木杉上了个专科，我听家里的安排和老实人订婚，可最后呢？不仅一无所有，而且身败名裂。究竟是我哪里做得不够好，怎么就不值得有一个好结局？”

我试图给梅梅讲一些不幸的婚姻故事，试图让她相信那段尚未开始的婚姻终将是一场空，不如就这样早早放手。尽管梅梅不是那种没有谈过恋爱的姑娘，也不是多么爱幻想的小女孩儿，但是这场看似门当户对、两情相悦的未果婚姻，让她切切实实地感受到有人相拥的未来。

她不过是期待一份平淡的婚姻而已。不需要每天都有美酒和玫瑰，只求下班以后，夫妻两人挽着手臂在市场买菜，回家烧菜的时候商量要不要多放几瓣大蒜调调味道这样的简单温馨。

但是，这一次，梅梅摔得粉身碎骨。我担心她再也不会有去爱的勇气。曾经她信誓旦旦，对爱情和婚姻紧追不舍，如今，所有的心动都渐渐平息，一片灰烬。

酒醒过后，梅梅再也没有对我抱怨过为什么自己找不到一个中意的男生来保护她，再也没有质问过自己哪里做得不够好。

她随便找了一家公司做前台，在闲暇之际准备考研。我想，她又在学习的过程中，走出了爱情的阴影。

考试的前一天，梅梅对我说她肯定能考上，因为她是为了自己的未来而战斗。从今以后，谁也不会成为她人生的羁绊。“什么爱情，什么婚姻，你不站在中心，就只能沦为男人和家庭的附属品。”

我觉得梅梅有点儿愤世嫉俗了，但又无力和她辩驳。

后来，梅梅果然考上了研究生。研二那年，她去国外交换一年。

某一天，她又更新了一条微博，照片中的她竟然和林木杉一起在白鹿巷球场看北伦敦德比。不过，她却说：“没有叙旧，只是一起看场球！”

通往婚姻的路上，是我们太挑剔还是奇葩太多

文 / 萌二

一大早我刚起床就收到了某人的微信，对方说想在见面前先问我两个问题，看上去好像还挺严重。

当我在想会是什么问题时，对方出现了，他以为我没有立即回复他是因为被这突如其来的发问给吓到了。

见状我只好说没有，你问吧。

这个某人是我今天要去相亲的对象，聊了没几天，说过的话大概不超过二十句，每句不超过十个字，其中大部分是语音消息。

我不知道是对方的拼音基础不好，还是懒到了极致，他真的很少打字，而且也不考虑对方是否在上班时间，是否方便聆听他自以为颇有魅力的声线。好在他没有因我工作忙不能很快回复而给我施加压力，更没有接连打电话来。当然，联系方式他不可能得到。

起初，没聊几句他就急于展示自己的特长，说是学播音专业的，目前在一家公司做网络运维。还问我有没有认识的导演或经纪人，希望能引荐下。

我在心里呵呵，你这是来找工作的吧，怎么不像是要相亲的。就在我想怎么回复他的当口，他的第一条语音闪亮登场。

他说，先让你听听我的声音，如果你觉得可以，咱们再往下聊。

我继续呵呵，虽说我是声音控，但我也没想以声音来判断能否和一个人相处呀，这人脑子里都是些什么东西。

转眼间，他又发来三四条语音，大概意思是说，他先说一段台词让我听听，接下来就是他自顾自地开始表演播音的专业技能。我真心想说，大哥，我在上班，咱下班再展示行吗……

奇怪的是，每天下班以后的时间，这位仁兄从不出现，犹如人间蒸发一般。这人明显有问题呀，是有女朋友，还是有老婆？

如果都不是，那么白天那么闲，晚上忙到没人影，该不会是做不正当工作吧。我承认自己想象力丰富，于是我停止了无厘头的猜测，管他呢，爱聊不聊。

可是每天上午他又会如期现身，真的就跟上班似的，上下班时间拿捏得那是相当精准。我呢，上班时间很忙，除去日常工作和临时任务外，还要开各种大会小会，有时还会加班，哪里有时间陪他闲聊猜心。

这么闲的人，想必也没什么前途可言，连最起码的上进心都没有，每天在单位混吃等死好像很光荣，年纪轻轻就过上退休生活，确实“了不起”。

我承认，在三十出头岁数剩下的人都是因为过于挑剔，找结婚对象和单纯的恋爱不一样，不能再一味地理想主义，孰轻孰重更是要掂清。

比如说，人的外貌真的有那么重要吗？

是，没人喜欢丑八怪，但我想这个世上长相出众和过丑的人都是小概率的，大部分都是不上不下的一般人，是普通人呢就不要挑三拣四，人品啊责任心什么的那是最基本的，根本不值得拿来当择偶条件，对外貌、家庭背景也不要有过多的讲究，普通人就要过普通人的生活，不要白日做梦遇到瞎了眼的白马王子，这概率可以说比相貌美与丑更小。

当然，我很佩服那些靠着自己的实力一步步走上人生红毯的人，那是他们应得的，他们配得起拥有自己想要的生活。

而有些一出生就含着金钥匙的人，到了谈婚论嫁的年纪就开始四处摆阔，这高贵的身份，还有这身上的一袭名牌还不是爹妈奋斗来的，有本事自己赚啊，我真心看不起这类人，和啃老族实属一类。

他收到我的反馈，知道自己过了这关，很高兴的样子。我没觉得这有什么，因为我对他只剩下礼貌而言了。对！只有礼貌。

他提出要约我见面，吃饭。我知道现在大家都讲究个眼缘，感觉大于一切，就算各方面都超出标准范围，没对上眼一样白搭，所以，我提出先见了再说要不要吃饭的事情。他对此作答似乎很满意。

今天早上他问我的两个问题分别是：1.你是否怀过孕？2.你是否与男友同居过？

如果两项里满足任意一项，就不用见了。

我家教很严，恐怕就算我想也没有这个机会。他对这个回答依旧满意，甚至兴奋地夸赞了我，哈哈，还真是值得令人骄傲的事啊……他说，从刚聊就觉得你很靠谱，果然很靠谱。

那么你呢，确定自己也靠谱？

见了面，我终于确定了对他的评价，相信如果你们与不同的人打过交道会很清楚，靠谱的人和不靠谱的人说话的气质都不一样。

从他这里，我没有体会到那种被人尊重的感觉，这是人与人之间最基本的礼数，一个人不懂得尊重别人，那么也配不上别人的尊重。但我偏偏选择给了他尊重，因为我不能做个像他那样没有素质的人。

大概真的是他提出的那几个问题我回答得不错，他竟然提前四十分钟出门了，这让我感到有些意外。但我并没有因此而对他的整体分数有所增加。

我们约好在某大厦门口见，当我到了那里却没有见到他，低头发现他发来了语音，原来他是开车来的，还是MINI Cooper，就停在马路对面。

暂且不说第一次见面就摆出如此气场是想作甚，先来说下他因为停车不方便所以停在了马路对面，那么问题来了：车停那里了，人呢，难道人也不方便走出车门过个马路吗？

是舍不得离开舒适的车内环境，还是怕心爱的MINI Cooper受伤心疼呢？第一次和姑娘见面，竟然这么没礼貌，不过有了之前几天的了解，对于他的此番举动我也见怪不怪了。更过分的是，当我绕个圈来到他车前，他竟然跟我说，要不我送你回家吧……

哈哈哈，真逗，你以为我稀罕坐你那MINI Cooper吗，我曾经在宝马公司想坐就坐，可惜呀它太小，我还看不上呢！我摆摆手，不用，我自己走回去就行。

然后我头也不回地走掉，边走边动手把他从列表删除，好家伙，手真快，没轮到我动手他就已经把我删了，好自觉哟！

漫漫婚姻路，奇葩的人，奇葩的事，我们怎么数都数不过来。

有的时候，我们并不是太挑，只是想要擦亮眼，选择一个合适的人。毕竟，婚姻不是一件能将就的事情，我们要经过深思熟虑，选择一个能托付终身的人，过一个岁月静好、现世安稳的日子。

愿我们还能够再相见

文 / 孟祥宁

“一、二、三……好啦！”小策子大声喊着，放下相机，看见我转身冲过重重人群，在狭窄的走廊里窜来窜去，好像一只黄鼠狼在追一只猎物，直奔我们班的大门。

“喂喂喂，小爱，你怎么跑这么快啊！等等我！”她一边跳着一边着急地大喊，在网上新淘的白色凉鞋踏得地板嗒嗒直响。

看着我坐在椅子上大口喘着气，小策子“扑哧”一声笑了。

“瞧把你吓的，就这么点儿胆，跟他合张影都这么紧张，搞得像做了什么见不得人的事一样，你没有看到啊，他最后的表情都愣在那儿啦！”小策子笑得弯了腰，摆弄着相机，伸手让我看。

照片上的小七带着有些尴尬的不知所措的笑，眉宇间还是透露出一种桀骜不驯的气质。而我在旁边傻傻地笑着，眼睛眯成了弯弯的月牙状，头微微向他的肩膀倾了倾，这招是从《都是天使惹的祸》中学来的。

“大花痴。”小策子丢下这句话，眼睛望向了窗外。

我也顺着她的目光看过去，阳光洒在那棵长得很像西兰花的大树上，在夏天闷热的气息中，郁郁葱葱地疯长着。而那一边，是小七的班，某天树枝会连着树枝，叶子会连着叶子，传着青春年华的蜜语，送到他的耳朵里。

他会不会听到?

沿着操场转了半圈，看着这个大大的校园，红黄蓝三色座椅组成的大看台，篮球场上传来砰砰的球落地的轻响，如果有土地公的话，一定每天都被吵到。突然，看见前方不远处有一棵矮小的树，说它矮是真的，但好像一点也不小。树冠很大，像一个细长短小的身躯，顶着一个大大的头，而且是烫成爆炸头的大脑袋。

这不是主要的，关键我看到了一个女生，鬼鬼祟祟地绕着它转了一圈又一圈，眼睛不时望望远方，又不时看看树上，好像在找什么。

身为刚进入高中的一名新生，发现了一个如此可疑的人物，好像要做一些破坏树木的事情，或者在上面安放一颗定时炸弹，或者……总之，不是什么好事。而我要是上前抓住她，说不准还能得到老师的喜欢，最好在新生入学会上表彰一下，莫小爱同学善于观察，抓住了一名破坏树木未遂的分子，值得每一位同学学习。

想到这里，我的嘴角露出了一丝不易察觉的微笑。我一个箭步上前，拍了拍那个女生的肩膀。

“嘿，干什么呢？”我故意粗声粗气。

“哎呀妈呀，你吓死我了。”她扭过头，是一张面目清秀的娃娃脸，声音略带尖细，不像是个做贼的。

“别转移话题，干吗呢？”

“我……我只是想找一个核桃。”她说完，又继续向树上看。

“核桃？这是核桃树？”我立马来了兴趣。

“对啊对啊，你看，这些还没成熟的绿色的圆圆的东西。”她用胖胖的小手指给我看。

“没有成熟，你怎么吃？”

“不是吃的，我想……在上面写上一句话，等到三年后毕业，就可以摘下来做纪念了。”她欢喜地说着，仿佛是上天派的一项神圣的任务，眼前的她如一个可爱的小天使，心中怀着一个朴素的梦想。

我看见她，踮起脚尖，用黑色签字笔认认真真地往一颗最大的核桃上面写了点什么，那虔诚的神情，让我想起了去西藏的朝拜者，远方，是心中圣洁的殿堂。

那个可爱的留着黑色齐耳短发的女生，竟然成了我的同桌。布告栏一出，我透过人群的缝隙看到了自己的名字所在的班级，然后进了班我一眼就认出了她。

她穿着一件咖啡色和白色相搭的长裙，抱着一本书，靠在椅子背上，安静地看着。嘴里还不时嘟囔些什么。

阳光在她身边逗留了很久，也就是，一直照在我的身上。

“好晒啊。”我用胳膊拄着桌子，斜着头，看向她。

她头也没抬：“拉上窗帘。”简短有力的四个字。

周围的热闹，与她此时的安静，仿佛有些格格不入。

“跟我说说话吧，”我打破寂静，“对了，你知道许嵩要来开演唱会了吧？到时候咱们两个翘课去听吧！怎么你还这么安静……”

“我只有在看他的诗时，才不愿被人打扰。”

那是仓央嘉措的诗集，淡雅的封面，出水的芙蓉。

“那一天，我闭目在经殿的香雾中，蓦然听见你诵经中的真言；那一月，我摇动所有的经筒，不为超度，只为触摸你的指尖；那一年，磕长头匍匐在山路，不为觐见，只为贴着你的温暖；那一世，转山转水转佛塔，不为修来世，只为途中与你相见。”她忘情地念着，沉浸在其中。

于是，我也跟着她，突然变得很安静。

而我，只记住了最后一句话。

那个“你”，就是后来的小七。

“高一新生下楼到操场集合，高一新生下楼到操场集合……”大喇叭里传来主任的声音，拖着长长的尾音，和这在夏天尾巴上仍不休止的蝉声一样。

我们一边吟着诗，一边缓慢地走着。像在压马路的情侣，有大把大把的时间，用来做有趣的事情。

“我叫莫小爱。你还没说，你叫什么呢。”

“李子策。”

“哦……那以后就叫你小策子吧，你看还珠格格身边都有伺候的小卓子啦、小邓子啦，你就是我身边的小策子啦！”

“去你的！”她跑过来挠我，痒得我尖叫了好几声，周围同学纷纷侧目，像看两个怪物一样看着我们。

就是这个时候，我看见了一个男生，穿着白色的衬衣，一尘不染，黑色裤子，大踏步地走到我们的前面。头发随着步伐一起一伏，似振翅的蝴蝶，轻柔而飘逸。

“你怎么不笑了？喂喂，看什么呢？”小策子拽拽我的胳膊。

“没事，没事。”我拉着她继续往前走。

“是那个男生吧，你不会是……”

“没有啦！”我的脸好像红了。

后来我们才知道，他是7班的，叫沈嘉琪。于是，我们称他为小七。

他在重点班，学习超好，人又帅，自然是女生喜欢的类型。恰好我认识他们班一个男生，我们是小学同学，小时候经常互相打架，不打不相识嘛，于是关系越来越铁。他叫庄帅，我真搞不懂竟然还有叫这个名字的人，不过他确实也挺帅，像一根电线杆，又高又瘦。我们班的女生经常拉着我的手，讨好般地说：“小爱啊，你不是认识7班的同学嘛，帮我把这个转交给沈嘉琪吧，改天，我请你喝奶茶。”

“不用改天，放学就去。”我坐在椅子上，跷着二郎腿。

“没问题，谢谢你哦。”她露出一个很妩媚的笑。

我因此而成为班里最受女生欢迎的女生。

我和小策子的理科都很差，偏偏我们还坐在一起，一次上物理课，我正看小说呢，就被老师叫起来回答问题。一脸茫然，我向小策子抛去求救信号。

她无奈地摇摇头。我看见，她的腿上，展开着那本她背了无数遍的诗集。

于是我们一起去走廊罚站。

我拉着她的手，紧张得攥出了汗。

“我问佛，为什么总是在我悲伤的时候下雪？”

“佛说，冬天就要过去，留点记忆。”

“为什么总在我看小说的时候被点名？”

“青春就要过去，留点记忆。”

高二分文理班的时候，桌子上放着两张表，一张是我的，一张是小策子的。有淘气的风不合时宜地从窗户吹进来，轻薄的表格，从我的桌子，吹到她的上面。

我们两个一起抓住笔，毅然决然地写下了“文科”。

我们都知道这意味着什么，文科生将散落到不同的班级，重新组成新的班，而留下来，便可以一直在一起。

那天离开的时候，我们安静地背着包，沉默无语。

然后我抱住她，眼泪无声地滴到她的肩膀上。

她把那本诗集送给了我。然后飞快地跑开了。我看到她一边跑，一边擦泪。

天空依然晴朗，“西兰花”在窗外伸长了枝干，蓊蓊郁郁。阳光还是能轻而易举地找到缝隙，然后探过来它的头，想弄清楚，我们在班里都干些什么。

“好晒啊。”我站在她的旁边。

“小爱！我们真的又一个班啊！”我看见小策子抬起那张清秀的脸，还有一双散发着惊喜光芒的大眼睛。

我把诗集拿出来，“咱们一起看。”

旁边扎堆的女生，不时传来尖叫。

“真的啊！阿信要开演唱会啦！到时候翘课也要去看！”

“签名售书！什么时候？我们家四啊，我终于能见到你了。”

“听说明天淘宝店有限量版的雪纺纱裙，我们熬夜秒杀吧！”

……

我们就这样踏上了文科之路。班里男生稀缺，十个手指头就够数了。没有风花雪月海誓山盟，只有在走廊里，和小策子大声地背书的声音。

“喂喂，小策子，那不是小七吗？”

他穿着海蓝色的校服,海蓝色的牛仔短裤,大踏步地走进班里。原来，很幸运地，我们竟然被分到同一个楼层，而且每次去洗手间的路上，都能经过他们班。

“别看了别看了，再看你都成长颈鹿了。”小策子用手在我眼前晃。

“别挡着,再挡着我就挠你啦。”我一说这个,她立马跑远了,我在后面穷追不舍。

每天第二节课下课铃一响，我就拉着小策子的手，兴高采烈地跑出教室。

“你快点儿，快点儿啊。”我催促她，她还一边照着镜子，一边梳那齐齐的刘海儿。

我们跑到走廊，站定。

“又等他呢是吧，呵呵，你这点小心思。”

“来了来了。”

我拉着她的手，顺着人流神不知鬼不觉地走在小七的后面。像一群冲向大海的鱼，团簇在一起，拥挤的人群中，我闻到了大海般的腥咸味。

“我相信我就是我，我相信明天……”大喇叭里放着音乐，每天都是这首，听得我们耳朵都痒痒了。

“你看他走路的样子，多帅啊。”

“不就是扭屁股嘛，这我也会。”

说着她跑到我的前面，像模像样地走了起来。

夸张的样子，让我直接跑过去拍了她几下。

从那以后，每天学他走路，便成了枯燥学习后的乐趣。

最幸福的事情，莫过于他在前面最后一排做操，而我站在后面的第一排。

每天放学，我们在“西兰花”树下推出来车子，然后并排骑车。小七很准时地站在操场上的台阶上，双手环在胸前，等同学载他回家。

每次骑车经过他身边，小策子都会加速骑到我前面，然后扭头对着我大喊：“莫小爱！莫小爱！”

你故意的！

我心里这么想着，嘴上却什么也说不出。

小七顺着声音看过来，就像拿着一根画笔，往我的脸上重重涂下了红色的油彩。

有时候晚一些出来，还能够看到，他的同学向他骑过来，然后他一把抢过那人的车子，自己骑上，那个可怜的同学跟在他后面边跑边喊：“等等我啊！”

每到这时，我们都会笑得车把直晃，有一次我们两个的车把勾在了一起，后果便是——

“咚！”

双双倒地。

“你追他就追呗，还每次都让我当炮灰。”她站起身，拍拍裤子，不满地看着我。

最终，五个卷卷心，又让她重新恢复了笑容。

夜晚的风，少了一丝闷热，多了些凉爽，我拉着她的手，抬头一起望着天上的星星。

“还剩下多久，我们就毕业了？”她突然问道。

“白痴，你不会看台历啊。”

“怎么这么没有美感……”

远方的核桃树，在黑暗中留下弯弯曲曲的轮廓，离近了，竟然有些恐怖的气氛。压得低低的枝杈，仿佛无数双手，伸向你的脖颈。

“你别吓我啊……”她尖叫着跑了出去。

留下我爽朗的笑。

望向篮球场,听到球落地的砰砰声,感觉到小七打篮球的身影。

远处有同学在放孔明灯,橘黄色的光,渐渐升起,随风飘得越来越远,我双手合十,虔诚地许下心愿。

高考的倒计时,紧迫得令人难以呼吸。一本一指甲盖那么厚的习题,三天就能写完,然后丢在一边,渐渐落满了灰尘。

累是肯定有的,支撑不下去了,望望台历上写下的目标,想起小七此时埋头写题的样子,立马来了动力。立志考清华北大的小七,拼起来,就像是脱了缰的骏马,谁也挡不住。而我,气喘吁吁地紧跟其后,仍然望尘莫及。

模拟考试不如意,泪就那么猝不及防地掉了。小策子默默地递来纸巾。

“人生就像是荡秋千,有起就有落,起的时候记住还会有落的那一刻,而落下的时候,跌得越低,再次腾飞的时候,便可以飞得越高。”

我点点头,擦干了泪水,和她并肩奋战。

盼了很久的高考来了,却同时也是毕业的日子。小策子拉着我的手,把我拽到7班门口。

“你暗恋了他三年，还不合张影去。”她把我使劲往前推。

“算了吧，我们回去……”

“沈嘉琪！”她突然冲着班里大喊。

那一刻，我真想从人间蒸发。

“你见，或者不见我，我就在那里，不悲不喜。”

“你念，或者不念我，情就在那里，不来不去。”

“你爱，或者不爱我，爱就在那里，不增不减。”

“你跟，或者不跟我，我的手就在你手里，不舍不弃。”

时光好像又转回了三年前的夏天，你安静地坐在角落，有阳光从窗户照进来，探着头，和着我们的节拍，一起念着诗。

小策子突然歪着头问我：“那天晚上，在孔明灯飞上天空的一刹那，你许的什么愿望，肯定是关于小七吧？”

我摇摇头，悄悄在她小巧的耳朵旁说了一句：“愿我们还能够再相见。”

她像孩子般哭了，不，她本来就是个孩子。

水仙，七月未眠

文／春杉大道

1

脾气不好，有洁癖，还相当倔，这样的女生如果普普通通也就罢了，但很显然故事的主人公没那么简单，而她此刻正坐在香港大学的一间教室里答着大学最后一门英语考试的试卷。这一年的夏天，水汽很重，握笔用力写下名字的Nice小姐，突然停住了手上的笔，她认认真真地在教室里搜索，好像每一个后脑勺她都熟悉得不能再熟悉，却又好像她要找的东西并不在这儿，她的目光最后落到了坐在窗边监考老师手里摇曳着的扇子那边，跟着它摇啊摇，摇啊摇……

Nice看着教学楼外飘摇的柳树枝条，树影覆盖下，几个被拉长的影子在地面上、草叶之间跳动着，那些斑驳的影子鲜活得无忧又快乐。

“嘿，三楼窗户边上有个姑娘朝这边看呢，12班的。”旭森邪魅地笑着，对面男孩儿刚想顺着他挑过的眼角看过去究竟是谁，结果旭森冷不丁发了个让他措手不及的开球，球轻松过网，从他拍子下面溜了过去。

“哎，不带这样的。”

“走了，上课了。”

“哎，你等会儿。”

浩宇往三楼12班的方向望过去的时候，第二扇窗边的人“嗖”地抽身藏了起来，只留了个头顶上的红色蝴蝶发卡在外面，旁边的姑娘急躁地问：“看见没有啊，就那个长得又高又帅的。”Nice整个人缩在椅子里，用胳膊蹭了蹭同桌粗壮的膀子，“人走了没？”

女生踩上Nice的椅子费劲儿往窗外望了半天，这时候英语老师来了。

“咳、咳、咳”，这是英语老师惯常用于表达不满情绪的方式，大部分人都已经习惯性地选择忽略过去，很快班级会归于平静，只是英语老师高老太总要找一个问题的宣泄点，比如此时还站在凳子上选择忽视她的吴嘉莉，也就是Nice的同桌，正将高老师的注意力完完全全吸引了过来，Nice眼见着眼睛快要翻到后面去的高老师正在憋大招儿，她捅了捅吴嘉莉，但高老师的兴致一来，怕是挡也挡不住了。

“嗯……嗯”，高老师发表讲话之前固定的清嗓动作，接下来高老师将会把声音抬高八度，她那松针一般尖细的嗓子，用不加脏字的语术“鼓舞”吴嘉莉，连同每一个窃窃私语的高二年级 12 班的同学。

“都走了啦，下次我带你去找他。”嘉莉“嘭”地从椅子上跳下来，给旋即安静下来的英语课又加了点特殊音效。

“有的同学，占着好的位置，旁边有成绩不错的同学也不上上心，浪费老师的一番苦心，我看也是白费，这成绩，这满卷子的大红叉，别说二本了，三本线能不能够得上我看也玄着呢，好自为之吧。”

“她说我呢，你们听好不好笑，我去哪儿，怎么着的，还用她管是怎么的，老妖怪，多作怪。”

Nice 这时候正专心用两手攥着她的书包，使劲地搓上面被嘉莉踩上去的污泥，哪还有工夫关心她是已经被“请”出了教室，还是在门外玻璃上对她比画着口型“我去一楼看帅哥去了”。嘉莉肉嘟嘟的表情，引得 Nice 的前后桌都憋住笑，憋到脸通红。高老师稳了稳局面之后，开始让人发卷子，Nice 拿到卷子看了一眼分数，116，差四分满分，卷子上的每一个选项都紧紧挨挨地勾画着红色的笔痕，零星的四个猩红的叉被淹没在凌乱的红色中，Nice 撇了撇嘴，意思是并不满意，只是她根本没看到藏在卷子最不起眼地方的一行俊秀小字。

高老师强调这是两个班互相给对班同学批改试卷，所以都给人家认真一点，别弄得脏兮兮的。Nice 这次的成绩仍然没能超过 7 班的浩宇，高老师宣布这个结果的时候，满眼爱怜地看着 Nice，可 Nice 却望着窗外，出了神。

2

“Sorry，不好意思，挤一挤。”Nice奋力冲上地铁，长嘘了口气，但有感觉刚刚吃过的包子气味儿太重，费劲儿转过身对着闸门，地铁一直在死命地和Nice作对，左右摇摆个不停，而她今天穿的白纱裙也一个劲儿地摩擦着周围人裸露着的皮肤，好在她手臂足够长，向后张开，把自己挂到了栏杆上，继续摇摆。

Nice的右手正一点一点向左边滑过去，就快要打结了的眉毛估计是在说：怎么还没到站啊，怎么这么热。在地铁的人墙壁垒里面，闷热的空间里，身体接触本就是让人不舒服的事，但背后某个人的手指因为地铁的开启和突然停住，反复触碰到Nice的指头。Nice对着车窗的脸显得很不开心，于是把手又继续往左移了移，可是那只手指也跟着窜了过来，还电了Nice小姐一下，Nice回过头看了一眼。

“你是12班的吧？”Nice被昨天楼下打乒乓球的男生认了出来，可她眼看着将要到站，没作声，装作没听到。

“嗨，没想到这么巧啊！又遇见了啊。”第二天地铁上，Nice仍然碰见了男生。

“真巧啊，可是你怎么都不说话啊？”第三天。

就这样，每天早上男孩儿都会和Nice搭同一班地铁去学校，每天她都不说话，可男孩儿仍然每天都和她打招呼，只要Nice上车，她身后永远站着这个男孩儿，而每次两只手总会多多少少地电到对方，说来也真奇怪。

今天距离Nice搭上地铁第一次遇见男孩儿已经二十九天了，可是今天Nice挤上车的时候发现，身后竟然没了那个每天一早和她打招呼的男孩儿了，这会儿她没有急着转过身对着车门，而是瞪大眼睛在车里搜索着那只会发电的手指的主人。

“今天怎么就不见了？”Nice自言自语地嘟囔着，直至下了车，低头一个人往前走，她听到前方有人喊自己，这才抬头看见男孩儿冲到了自己面前。

“今天没和你一起坐地铁啊，昨天晚上去同学家住的，早上坐他电动车来的，好在赶上了。”男孩儿气喘吁吁地挠着头解释着，冷不防一只胳膊伸上去就大力扣住了他的脖子。

“你小子也不等我，原来跑这儿来找女孩儿了，介绍一下吧。”

Nice认出了来人，脸唰地就红了：“我先走了。”

“那放学一起走啊！”男孩儿在后面冲着Nice喊着。

Nice没理会，低着头快步朝前，直到快要走到班级门口的时候，手被一把拉住，她怔住了。“Nice啊，没想到你这么快就下手了，怎么也不告诉我啊。”说话的是吴嘉莉，嘉莉一把抱住Nice，让她瞬间有些喘不上气：“有话好说，你先……松……手。”

“我的浩宇……和你说话了……呜呜。”

Nice心想，浩宇？哪个？那个？哦，对，应该……是那个。

3

“你是3班的对吗？”Nice故作不经心地发问。

“对啊，原来你知道。怎的了？”

“那，唐浩宇，你，也认识了？”

“嗯……”

“那介绍我们认识，是早上和你一起的那个对吧，还有那天和你一起打乒乓球的那个也是他对吧？”Nice的语速快得和平常的她很不一样。男孩儿脸上先前挂着的笑，被升上来的墨黑色的夜给拿掉了，尴尬的脸很快也被迅速藏好。“算了，还是不要了。认识又能怎么样。”Nice自说自话的样子，被他看在眼里。

两个没有话说的人继续走着，男孩儿在等Nice说些什么，而Nice似乎发觉有什么不太对劲：“对了，还不知道你叫什么？我叫——”

“Nice，我知道，听你同学讲过了。”Nice和男孩儿继续安静地往前走，Nice走在前头，突然转身定住回头盯住男孩儿的眼睛眨呀眨，男孩儿从她面前走过。

“你还没告诉我，你叫什么呢？”

“呃……旭……森……”

“呃？旭森，好吧。”Nice 抬头看着天上的繁星点点，忍不住发出一声惊叹，“好漂亮啊！”

男孩儿顺着女孩儿指的天空往上看，歪了歪嘴角：“这儿？不算漂亮吧，我带你去个地方。”

“今天就算了吧，改天。”Nice 安慰式地丢了个大大的笑容给男孩儿，“那我们明天见吧，旭森。”

“嘿，嘿，别写啦！”说话间吴嘉莉把Nice手中的笔给抽走了。

“你干吗？你。”Nice 有点不高兴，“拿来。”

“你告诉我，和他发展成什么样了？”嘉莉滴溜溜地转着眼珠子，挤了挤眉毛，嘴角抬得老高，“快点啦，Nice，告诉我我就让你写。”

“你说谁啊？”Nice 脸上写满着急，脸憋得有些异样。

“浩宇，唐浩宇，我男神啊！我跟你说，要是别人追他我肯定追着打，不过，是你就算了，好歹你英语总排在他后面，他第一，你第二，嘿嘿嘿。”

Nice 没有理她，多半是因为嘉莉后半句话惹恼了 Nice，Nice 从笔盒里拿出一支笔，拧着身子背对着嘉莉，唰唰唰地在卷子上泄着愤，不看也知道，她太想拿第一了。

交了随堂测试卷子，Nice冲出门去。即将热闹起来的走廊里，“旭森”站在那儿应该是等候多时了。Nice没理他，一个人像是点了火的二踢脚，一路狂飙，“旭森”伸手够到她的肩膀，手被她给甩了出去，就这样两个人一前一后地走着，或者说是竞走更合适些。

走着走着天色就暗了，两个人一前一后，也并不说话，Nice似乎是走累了，终于在原地站住，跟着蹲坐在原地，“旭森”也停了下来，并没有靠上前去。女孩儿哭了，男孩儿就在她身后安静地听完她一边哭腔，一边说着些“我实在糟糕透了”“为什么我这么蠢”“难道我的成绩就这样了，连一次第一都拿不到了吗”的牢骚。男孩儿依然没有作声，他只是很安静地陪她坐在地上，等她慢慢安静下来。晚霞里的红日渐渐褪去了红妆，晴空下几缕云彩也四散着告别，两个年少的人等待着什么，未来还是黑夜，星辰抑或是耳语，都不那么重要，因为过去总会被历史揉进尘埃的缝隙，当下的一切才是永恒。

“带你去看星星。”男孩儿将手递给坐在地上的Nice，眼神里闪着光。

Nice哭得微红的眼睛里写满了不解和担忧，就这个样子被他给看到了，去还是不去。

“走。”

两个人来到一座废弃的老旧铁桥下面，河道那一头遥远的路灯稀释着粉红的微光，星光点点穿越过仿佛画框一样的铁板投入两个年轻人的眼眸，男孩儿倒卧在草地上，女孩儿痴痴地用眼睛装尽画框里的星光。

“给你。”

“你哪儿变来的？”Nice伸手接过“旭森”手里的冰激凌，吧嗒吧嗒地吃了起来，“芒果味儿的，谢啦。”Nice终于笑了，脸上挂着的泪痕都干掉了。

“今天晚上的星星很美，有没有觉得我说得很对，这里很棒对吧？”“旭森”安静地望着天空，眼珠里的明亮是整个夜空，“为什么要哭……只是因为成绩吗？”

Nice也在草地上坐下，双眼望着天空中悠然划过的一颗斑点，长舒了口气。彼时，我们追着某个人，心甘情愿，不是某件白衬衣，不是艳阳下汗湿的发丝，就像我们追逐浩瀚银河中的星星，追得到就伸手去触碰，追不到就远远地挥手，也许星星也能看得见，望得着。

“我也不知道。”Nice这句话说得很轻，很轻。轻到男孩儿把肚子里的问句生生给吞了回去。两个人不作声地看着天，看着星，看着自己。

4

Nice交了卷子，往寝室走，寝室里头，姑娘们在下铺她的床上排放着塔罗牌，见她回来，一个个都念着港腔，说是要给她算上一轮牌。她放下物品，坐了过去，“那，就算算‘他’怎么还不来吧。”一屋子的年轻女郎们都发出悦耳的笑声，Nice却被掌管命运的塔罗牌拉回到了四年前高考结束之后。

高考成绩出来之后，嘉莉拉上Nice，硬要给她用塔罗牌测一下，看她今后应该选什么样的学校，什么专业，Nice原本不想去，但嘉莉临了告诉她，要帮她测一测爱情，Nice还是忸怩地答应了。翻到前面几张的时候，嘉莉都一板一眼地给Nice编织着美好的未来画像，就好像她亲眼所见一般，就在要翻开剩下的几枚牌面的时候，嘉莉的妹妹在老姐毫不察觉的情况下跳上床，弄乱了全部的牌位。嘉莉的脸很快阴沉了下来。察觉闯祸了的妹妹躲到了Nice背后，Nice忙说没事啦，没事啦，我又不信这个。嘉莉认真了：“可我信啊，我这最后的指望都在你身上了。我当初说什么来着，你和浩宇最配，你表白的时刻到了。”话音一落，嘉莉气势汹汹将一张手握权杖的皇后牌拍在Nice面前。

“哦？”

“听我跟你说，你需要这样……”嘉莉眉毛眼睛里飞舞着电光石火，那双眼睛此刻就是美杜莎灵魂附体。

回学校领通知书的那天，Nice约到了“浩宇”，她按照嘉莉部署的计划，将要完成“终极表白”任务。

表白的第一步就是一个出其不意的吻。

嘉莉担心毫无经验的Nice会搞砸这一切，她还是没顾上Nice

的反对去做后备支援。

“你看那儿！”Nice拙劣的演技居然奏效了，“浩宇”旋即转回头，Nice像是扣邮戳一样，闭着眼撞了上去，中靶。“浩宇”僵住，Nice僵住，但慢慢睁开了眼睛，还有另外三个人分别僵住了，他们分别是浩宇、嘉莉，以及旭森的女友。旭森见状，丢下句话：你认错人了，我不是浩宇，我是旭森，浩宇让我来和你讲清楚。接着追着女孩儿跑远了。Nice慢慢转过身，视线擦中真正的浩宇，两个人的眼珠里不知何时噙满了汪汪泪水，Nice往前两步，浩宇向后退了两步，之后逃走了。

那一天，Nice被港大录取了，她本想把这个好消息，连同“表白”成功的消息一起告诉“旭森”。

那一天，浩宇被北京的某所院校录取了，他想告诉她，自己是谁，还有这次英语她终于第一了。

然而，那天之后，两个人再没有联络了……

5

“哦，哦，乖，宝宝乖。”嘉莉坐在沙发上给孩子喂奶，等宝宝不再哭闹，才倒出工夫和许久未见的Nice聊天，“你们……就没再联系？”

“我还想和你寒暄几句，你倒是开门见山啊。我这儿还念着书，你连宝宝都有了，够快的你。”

嘉莉没说话，继续盯着 Nice 看，直到 Nice 意识到自己答非所问。

“没有。我连他联系方式都没有，也不知道他的近况。”

“那如果说，他过得不好，而且好像在等某个人，这个消息有没有用？”

离开嘉莉家的时候，Nice 在门口低声念着：“傻瓜。”

6

收拾好了背包，参加毕业的最后一场告别舞会，舞会上有人问 Nice。

“嘿，学姐，之后要去哪里？”

Nice：“北京。”就这样毫不犹豫。

日后有一天，我们不小心松开手，你千万别以为我会真的放手。我只会默默地，在心底，永远永远地……爱着你且小心翼翼。

我比蜗牛先爱上你

文 / 文艺

1. 好吃吗

我郁闷无比地看着眼前这个公然从我盘子里抢食的男人。今天遇见的这个一定是我这辈子见过的最奇葩的男人，这顿饭，也是我吃的最奇葩的一顿饭。

话说，晚上10点过了，我才将难缠的客户应付完下班。当饿得饥肠辘辘的我冲进唯一还亮着灯的餐馆时却被告知厨师都下班了。不管服务生怎么暗示我已经打烊，我只管把头埋在菜单里说："有什么就端什么上来。我不挑食。"

服务生拉长着脸，态度极其恶劣。但是看在他竟然给我端来了一份我最喜欢的热腾腾的还吱吱作响的烤蜗牛的分上，我不但没有生气还兴高采烈起来。

这道菜是将蜗牛肉掏出来之后洗干净，拌上香菜，在烤炉里面烤上几分钟做成的，最重要的是趁热吃。

顾不得蜗牛壳还烫手，我拿起一个蜗牛猴急地撬出肉来就塞到嘴里。香菜、大蒜和奶油混合的香味，蜗牛肉的软嫩多汁让我忍不住闭上眼睛赞叹：厨子手艺真好。等我睁开眼，忽然发现对面多了一个人。那是个衣着考究的男人，正慢悠悠地从盘子里拿蜗牛吃。虽然他长得很好看，虽然他吃得很优雅，但是抢食就是抢食。

我有些恼怒起来，重重地咳嗽了一声提醒那人这是我的东西。

那人无动于衷，又悠然地拿起一片蒜味面包，蘸着汁小口吃着。

我朝服务生使眼色使得都要眼抽筋了，服务生却不理我。好吧，说不定他跟我一样，是加班到半夜，寻了整条街才找到这里，然后服务生只能用同一盘烤蜗牛打发我们两个人了。况且吃这个，没有交换口水的嫌疑。所以我决定忍了。

那人忽然抬头问：“你不吃了吗？”

略带磁性的男人声音和深海似的眼眸，让我的脸不由自主地热了热。我赶紧虚张声势说：“吃，我还没开始呢。”说完便埋下头，决定在光盘之前再不抬头。

等我终于心满意足地抬头，发现那个男人早停了，他在小口地啜着咖啡，默然地欣赏我的吃相。见我抬头，他嘴角微扬：“好吃吗？”

我没想到他会盯着我吃。刚才我狼吞虎咽，难看至极，现在窘得没处躲。我点头，诺诺地说：“那个，我只吃了一半，所以饭钱一人一半。”我低头匆匆将钱放在桌上，逃跑一样地离开了。

2. 这是我最不想吃的菜

这条街是这个城市美食聚集的地方。来这里工作两年，我品尝过这条街上的大半餐馆，却从来不曾进过这个法国餐馆。同事们笑我一定是留学时吃怕了。我却知道，是因为心里有个伤疤，到了这里便会被揭开，血流不止。

如果不是今天饿极了，所有餐馆都关门，恐怕我还会远远绕开。说实话，今天的蜗牛很正宗，正宗得一如我在法国留学时吃到的那样。只是那时我还和顾军在一起。

顾军的手艺极好，常去超市里面买上许多蜗牛然后拌上辣酱烤好。出来的成品吃上去有些像四川辣田螺的感觉。这道菜营养丰富，价格便宜，让我们这两个在异乡的穷学生很是着迷。

我面前常常迅速地垒起一大堆壳子。顾军笑我，干活比蜗牛还慢，吃起蜗牛来却超快。我却常常吮着手指翻着白眼争辩：“吃饭不积极，做人有问题。”

那时候的顾军是我的全部。我曾经以为，他将我捧在手心里肯定一辈子都不会离开我。可是我错了，就在终于熬到要毕业时，顾军却说他不回国了，他爱上了一个家境富裕的法国华裔女孩儿，要和我分手。

最讽刺的是，说出这一切前，他还请我到最好的餐厅，吃了一顿最正宗的法国大餐，其中就有烤法国蜗牛。

他坐在桌子的对面平静地说出这一切后，我忽然觉得刚才吃下去的蜗牛让我消化不了，胃疼得厉害。我头上冒出冷汗来，却勉强笑着调侃他：“你开玩笑吧。我们在一起这么久，你哪有机会认识法国白富美？”

顾军眼中满是怜悯：“我跟她在好久以前就认识了，她很喜欢我的画，一直追我，只是我没有告诉你。”

我咬着嘴唇，一字一顿地问：“为什么？”

顾军笑了一下：“穷怕了。回去又怎么样，最多能当个白领。还要苦个十年八年，才能买得起房子。跟她在一起，我可以少奋斗十年。”

我一直不肯相信这么狗血的事情竟然会发生在自己身上。可是事实是，他不再出现，在我拿到回家的机票时，同时也收到了他结婚的请帖和一张数额惊人的支票。我将支票和请帖原封不动地寄还了他，只字未留。

我忘了那些日子我是怎么撑过来的。只是独自在这个陌生的城市里疯狂工作，让自己变得麻木。

3. 请让我靠近你，哪怕像蜗牛那么慢

让我惊讶的是，我竟然在会议上看见了昨天跟我抢食的男人。

他叫简彬，是客户公司的董事长。我曾从公司听到过有关他的传说，说他是中法混血儿，只身回国后白手起家，开了这个公司。关于他是典型高富帅这件事，我有几分不齿，高富帅还跟我抢吃的，真是没有天理。

他也看到我了，惊讶了一瞬之后，冲我悄悄眨眼打招呼。

我忽然想起，昨天晚上在网上向我提了那么多刁钻要求的就是他。难怪他也那么晚才吃饭。

会议结束后，他说为了犒劳我连夜的辛苦工作，今天请我吃法国大餐。我想出声拒绝。只是鉴于昨天已经在他面前大吃特吃蜗牛，我再说我讨厌法国菜似乎有点矫情。

吃饭时我才发现，原来他是个十分有绅士风度的人。大概昨天我们都饿疯了，来不及表现自己，我在心里暗笑。

他说这个方案很重要，要求我们公司派我常驻他们公司，方便沟通。公司一向是谁出钱谁说了算，自然不管我同不同意，便直接把我派了过去。

还好，他虽然工作态度严谨，为人却风趣体贴。如果下班晚，他都会请我吃饭。每次都是法国菜。我有时候恶作剧般点些超贵的，比如松露，比如鹅肝，他似乎也不在意，只是总会帮我加个法国蜗牛。我奇怪他如何知道我对这道菜情有独钟，后来又释然，大概是因为第一次看见我时我吃得太投入。

可能是吃了太多次了，我渐渐不会将这道美味与过去的伤痕联系起来，也能笑嘻嘻地跟他讲除了顾军以外我留学时的趣事。

只是他却让我害怕起来。他开始送我玫瑰，暗地里悄悄地帮我。我一直以为他对我的体贴和温柔是因为他是在那个浪漫国家长大的缘故。后来才知道，他连女朋友都没有，也从未给女孩子送过花。

痛苦的回忆像夏日的雨云一般迅速笼罩了我的心。我不能再让自己傻乎乎地陷进去，然后再受伤害。我有礼貌地拒绝了他的表白。

他说他是认真的，不管多久，只要我让他慢慢靠近就好，哪怕像蜗牛那么慢。

4. 免费大餐

我以为，简彬跟这些年追过我的男人一样，如果我始终冷冰冰的，时间一长就会知难而退了。可是他却没有，每日的鲜花和加班送来的外卖从来没有停止过。

送餐的那个法国餐馆服务生告诉我，这些东西是他们老板自己做的。我十分惊讶，那家法国餐馆的老板出了名地高傲，不延时，不送餐，所有菜品做法固定，限量供应。从不为了某个有钱客人的特殊要求而改变。老板虽然自己手艺很不错，却很少为客人下厨。不知道简彬用了什么办法，竟然说服那家老板。

我不忍心浪费美食，更不忍心拒绝他的好意，只能接受。在第 125 次拒绝了他的约会邀请之后，我答应了和他一起看电影。那一天他高兴得像个孩子，眼睛发亮，嘴角一整天都保持着上扬。

我有些心酸地低声说：“你这又是何苦？”

他摇头：“你值得等。”

约会整整一年，他规规矩矩地保持在朋友的距离，连手都不敢碰我的。

有一天夜里，我忽然腹部疼痛难忍，想也不想便给了他电话。他心急火燎地赶来，将我送到医院。他脸上的慌张无助和心疼，彻底击破了我的防备。还好只是急性肠炎。输液之后，医生便放我回来了。他给我熬好细细的粥时天色已经发白。他顶着两个黑眼圈，叮嘱我好好休息便要走。

我拉着他的衣角，红着脸结结巴巴地说：“你不怕我又发作吗？不如你留在这里陪我吧。”其实我是舍不得他这么劳累地开车离开。

他呆愣了一下，便是一阵狂喜，扑上来将我抱在怀里。我窝在他怀里，无比踏实和安全。其实我心里早就爱上了他，只是我自己不愿承认。

我成了他女朋友之后才知道，原来他就是那家法国餐馆的神秘老板。我笑他，亏我还感动于他的用心良苦，原来他只是顺便假公济私。

他只是笑，不跟我争辩。我也懒得跟他计较。反正每天下班都有免费的顶级大厨用空运来的材料给我做法国蜗牛，我求之不得。

甜蜜的日子总是过得很快。我知道他悄悄去买了钻戒，便无比兴奋地等着他向我求婚。只是眼看时间一个月、两个月过去，他丝毫都没有动静。我的心沉到了底。

5. 我一直在

他说今天要让我吃一道特别的法国蜗牛。我有着不祥的预感。果然，他端出来的是拌了辣酱的，我曾无比熟悉的烤蜗牛。我死死盯着那盘烤蜗牛，木然地说："你和顾军什么关系？"

他坐下来，沉默良久才说："听我说一个故事。"

他有个同母异父妹妹，患了很严重的心脏病需要做心脏移植手术才能活下去，却一直找不到合适的捐赠者。几年前，有个肝癌晚期的捐赠者，所有数据匹配完美。捐赠者说他不要钱，只要他们在他死后照顾他的女朋友，并且帮他圆一个善意的谎言。那个捐赠者叫顾军。

我的心在停了一下后猛烈地狂跳起来。

他接着说："顾军弥留之际，跟我讲了很多关于你的事情。他总是一遍一遍地画着你，告诉我，你喜欢法国蜗牛。"

我低下头，紧紧握住自己的手，指甲嵌进自己手里也不觉得痛。

他说他找了我几年，却都只找到名字相同的人。直到一年前那天晚餐看见我。

他原本打算，让我吃一辈子免费法国蜗牛，暗地里帮助我来实现自己对顾军的承诺。直到他发现他爱上了我。他很彷徨，害怕我知道真相会拒绝他。可是如果不告诉我对我和顾军太不公平，他会良心不安一辈子。

我的眼泪止不住地流了出来。

他拿出了戒指，怯怯地说："李红，我爱你，不是因为顾军。我只能说是天意将你带到我的身边。现在你知道了一切，你愿意嫁给我吗？"

我笑了，抹干净了眼泪，接过戒指，大声说："愿意。你怎么不早说，你个大傻瓜。"

他红着眼搂紧了我。

我在他怀中闭上了眼睛，暗暗地说："谢谢你，顾军。"

6. 谁跟谁抢吃的

简彬为了找到我才特地去学做菜，然后开了这个法国餐馆，可惜一直没找到我。

那天他从公司出来，饿得饥肠辘辘，所有餐馆都关了门，就连他的大厨都下班了。所以他只能换衣服，用仅剩的食材给自己做了一份烤蜗牛。正当他洗手换回衣服准备好好享受美食时，却发现蜗牛被不知情况的服务生端出去应付最后一个客人了。

当看见桌边上那个闭着眼细细品味蜗牛的人是他久寻未得的那个人时，简彬的心都要跳出来了。他竭力若无其事地坐到桌边，一边默默看着我，一边和我一起吃他刚刚做好的美味烤法国蜗牛……

曾经，你只是爱上了爱情

文 / 林臻

1

鹿鹿说这一家的麻辣烫特别好吃，每次来这里总是会吃得热泪盈眶。

当我踏进这里还没开动的时候，鹿鹿就已经开始热泪盈眶了，我才发觉我上当了，经验告诉我们，千万不要相信刚刚失恋的人嘴里的话，尤其这个刚刚失恋的人还是感性大于理性的鹿鹿。

鹿鹿哭得很凶，我捂着脸觉得很为难。一方面，麻辣烫闻着确实挺香的；另一方面，我觉得小店的老板虎视眈眈地望着我，随时都会把我们扫地出门。

这种尴尬境遇让我很窘迫。

在我最窘迫的时候，终于出现了一个能拯救我的人，鹿鹿的前男友松鼠。

我拍拍正哭得悲痛的鹿鹿："鹿鹿，鹿鹿，你看，松鼠！"

这一句话的魔力简直是无穷大的，鹿鹿迷蒙着的眼睛在看到松鼠的那一刻，明显开始放光，鹿鹿猛地站起来，大叫一声："浑蛋！"

然后气冲冲地走过去，拿起一杯水就泼到了松鼠脸上。

我偷偷尝了一口麻辣烫，果然是骨汤熬制的，唇齿留香。我看着一片混乱的现场，越发觉得自己把祸水引到松鼠那边的决定是多么英明。

然而，捕捉到鹿鹿尖锐的声音，我刚夹起的腊肠掉在了地上。

鹿鹿难以置信地叫："什么，你说你喜欢方头？"

2

在麻辣烫店里，我也顶着一头湿淋淋的头发离开了，桌子上的麻辣烫还在冒着香气呼唤我，我留恋地咽了咽口水，还是要迈着小碎步追赶火冒三丈的鹿鹿的。

鹿鹿回到宿舍就趴在床上哭。

"鹿鹿？"

鹿鹿没理我，一个劲儿地哭。我寻思着她要哭好长时间，就默默开了电脑玩游戏，正激烈的时候，我听到了鹿鹿尖锐的叫声："方头，你太过分了！"

手一哆嗦，快赢的游戏输了。

我回过头去看鹿鹿，鹿鹿的眼睛依旧很红，我问鹿鹿："你为什么觉得我过分？"

鹿鹿瘪瘪嘴，泪水眼看着就又要落出来了，她义愤填膺地指责我："因为你挖我墙脚！"

"什么叫我挖墙脚？是我要松鼠喜欢我的吗？那你觉得你把错算在我身上对不对？凡事都要讲究一个理字，你在店里泼我一杯水就走又是在干什么？"

鹿鹿看着我，眼睛更红了，恶狠狠地说："你是辩论队的，我说不过你！但是我不原谅你，我就是不原谅你！"

我没再理鹿鹿。

3

我和鹿鹿出现了前所未有的危机，我们不再说话，如果必须要说的话，她也只是通过 QQ 给我发消息来解决。对于她这种幼稚的做法，我选择了强硬的抵对态度。

我也可以理解鹿鹿，毕竟男朋友说喜欢上了好朋友，这本来就是一个敏感而尴尬的话题。虽然已经大二了，可鹿鹿还是小孩子，一副被她喜欢上的人喜欢了就是无恶不作的做派，而我是一个相对比较成熟一点的人。

我讨厌没有缘由地被扣上屎盆子。

这也是我要跟鹿鹿打一场冷战的根本原因。

我只是想告诉鹿鹿，并不是全天下的人都欠了她一个，就算她心里委屈，可是也不能随便找一个发泄口就不管不顾地喷出她所有的不甘。

在这场冷战期间，松鼠给我道了两次歉，我都回答了不原谅。

鹿鹿开始有些不适应没有我跟个老妈子似的在她身边为她出谋划策，她对着我的时候一副欲言又止的样子，大眼睛里盛满了忧心忡忡，可她却不肯开口示弱。

我继续无视。

4

最终鹿鹿妥协了。

伴随而来的还有另外一个消息：松鼠向鹿鹿求复合。

鹿鹿开启了碎碎念模式，整天对着镜子臭美：“我怎么就长了一张让人吃回头草的脸呢？哎哎哎，是不是他看了千万张脸，最后还是发现我长得最漂亮。嗨嗨嗨，我该怎么摆摆谱呢？”

我抚额，真心担忧鹿鹿的这段爱情到底能不能开花结果，就算能开花结果，我又继续会担忧结的果会不会还青着就吧嗒掉了。

鹿鹿兴冲冲地去看了两场电影，又屁颠屁颠地无怨无悔地定6点钟的闹钟去图书馆占座位，松鼠依旧一副爱答不理的样子双手插在裤兜里。

其实我一直不太理解鹿鹿为什么可以坚持这么长时间，鹿鹿条件并不差，即使有正大光明的松鼠作为她的男朋友，却依旧有很多飞蛾来扑火。而松鼠是那种再平常不过的男孩子，期末考前昏天暗地地上自习，其余时间无所事事。

我曾经很深入地跟鹿鹿探讨过这个问题，鹿鹿只是傻笑打着哈哈说：“那没办法，我就是喜欢他嘛。”

我是个过于理性的人，我虔诚地信仰这世间不会有毫无理由的喜欢，也不会有突如其来的厌恶。

我看着鹿鹿，很想说两句祝福他们的话，可是我却始终说不出口，因为在我的内心深处，我真的不觉得他们能走到最后。

5

当鹿鹿早上揉着惺忪的睡眼匍匐在图书馆桌子上的时候，松鼠约我去吃早饭。

有着严重起床气的我骂了一声“滚蛋”，就又钻进被窝里，然后过了一会儿，我听到楼下有人在大声叫我的名字，叫得越来越大声。我穿着睡衣拖鞋下楼，头发乱蓬蓬的一团，松鼠笑吟吟地看着我，恬不知耻地说：“你这不是下来了嘛。”

我看着松鼠，就那样看，我问他：“你爱不爱鹿鹿？”

松鼠愣了一会儿没说话，我又大声问：“你到底爱不爱鹿鹿？”

松鼠皱着眉头说：“我说了，我喜欢你，你不是希望和鹿鹿一直做好姐妹吗？我这才又和她复合。”

人群中，我看到了穿着粉色运动衣扎着马尾辫的女生，心里忽然就慌了起来，我叫她：“鹿鹿，鹿鹿。”

鹿鹿还是没有像我希望的那样理性起来，她又选择了跑，这对于穿了一双人字拖的我是一个极大的挑战。

我特别不喜欢看言情剧，一个很重要的原因就是不管发生了什么，女主角总是会跑跑跑。教坏了鹿鹿，害得我赤着脚跑在鹅卵石上来一场痛与追逐。

最终，我还是追上了鹿鹿，因为鹿鹿很不雅地摔倒了，扭伤了脚脖子。

6

鹿鹿在医院哭得很凄惨，鼻涕眼泪擦了满脸，我虽然很嫌弃，可终究是不敢太表露我对她的嫌弃。

鹿鹿边哭边控诉松鼠的恶行，顺带着骂我长了一张狐狸脸。在她哽哽咽咽的哭声中，我理清了鹿鹿和松鼠的故事。

鹿鹿哭着怀念了那个还是一等一的十佳男友的松鼠。

鹿鹿抬头看窗外，梧桐叶子很绿很大，阳光投在上面亮闪闪的，她问我："人为什么会变呢？我们说好了，会在一起一辈子的，明明说好了的。"鹿鹿说着说着就又哭起来了，她口齿不清地恶狠狠地放狠话！

我想到刚和鹿鹿做舍友的时候，鹿鹿谈起她男朋友时的自豪。鹿鹿那时候豪气万丈地说："姐姐人生中没有失恋。"

那个时候她对这一段爱情还充满了希望，可是现在她红着眼睛咒骂着。锐气全无，老气横秋。

这大概就是爱情能带给人的改变吧，在开始的时候，我们可以预见一切美好，我们虔诚地相信着，所有更美好的一切都在前方，可是到穷途末路的时候，我们才开始一遍遍凭吊之前的美好。

我抱了抱鹿鹿，我说："鹿鹿我还在。"

鹿鹿一把推开我，她像是才想到我是导致她的恋情死在半路上的罪魁祸首。她的眉目冷淡，她说：“你走吧，我不想和你说话了。”

7

鹿鹿是在高三和松鼠确认恋爱关系的。

松鼠是个典型的学霸男，而鹿鹿吊儿郎当的，学习成绩忽高忽低。说起来，这段爱情中鹿鹿一直都处于被动状态。

就连最初的告白都是鹿鹿提出的。

鹿鹿说，那时候他学习好好呀，他喜欢穿白衬衫，他喜欢时不时地推推架在鼻梁上的眼镜，他给她讲题的时候喜欢紧张地盯着她看。

鹿鹿说，她喜欢松鼠很关心她的样子，她喜欢晚上从操场上走一圈，当松鼠跑步到她跟前的时候，她的整颗心都在狂跳。

鹿鹿说，她喜欢晚上跟松鼠发短信，到11点的时候松鼠总是对她说一声晚安。

鹿鹿说，最让她感动的一件事还是她没做作业，老师偏偏又检查作业，然后松鼠就把他的扔给了她，然后他自己说作业忘记做了，利用好学生的优势帮助她渡过了难关。

鹿鹿说，他还骑车载她去过很多地方。

鹿鹿说到这里的时候，嘴角轻轻上扬地说：“那时候我就想，我一定要跟他一辈子，这个男生就是我对的那个人。”

我听了很难过，我觉得鹿鹿是个太容易满足的人，鹿鹿太喜欢活在她自己的记忆里，她还没有意识到现在的松鼠早就变了，至少在我看来现在的松鼠和她口中那个对她百般呵护的松鼠相差甚远。

自从我认识松鼠以来，松鼠对鹿鹿的态度一直忽冷忽热，有时候我都特看不惯松鼠，可是鹿鹿没开口，我始终没有立场去指责松鼠什么。

8

我告诉松鼠鹿鹿脚扭了在医院里。

松鼠却赶到我宿舍楼下给我带了一份麻辣烫。我站在阳台上向下看他，我特为鹿鹿感到不值，当鹿鹿正在为他们的爱情感伤不已的时候，男主角却在取悦别的女生。

我叹了一口气，走下楼，对松鼠说：“咱们一起转转吧。”

松鼠走在我身后，时不时问我累不累，渴不渴。我问松鼠：“你喜欢鹿鹿的时候也是这样对她百般呵护吗？”

松鼠说：“她是不是说我坏话了？我告诉你，你可千万别信她，她这个人就特烦，爱黏人，摆出一副全天下都欠她的模样。”

松鼠说："我一直记得高三的时候一次突击作业检查，她非要我把作业改成她的名字来证明我爱她，是不是特别无理取闹？"

松鼠说："高三那么紧张，她却要死乞白赖地发短信给我到半夜，每次都得我说我要睡觉了她才作罢，是不是特烦？"

松鼠说："到了大学之后，她跟一神经病似的，看见我跟哪个女生说几句话就缠着我跟我吵，问我是不是不爱她了。"

松鼠说："后来我渐渐觉得我喜欢的应该是你这种理智型的。"

我冷眼看着松鼠，我觉得这种不出众的脸在昏黄路灯光的映衬下显得特别恶心，我不知道他说的是不是真的，可那一刻我真的觉得很恶心。

我也有一个前任，我们分手之后，他从来没有说过我一句坏话，反而一直强调我是个值得珍惜的好女孩儿。其实在恋爱期间的女孩子大多数都是矫情得要死的，要星星要月亮的，你不给就是你不爱我。而一向自以为成熟稳重的我在恋爱期间也基本变成了情商智商都为零的嗲声嗲气的这种女生。

我觉得鹿鹿太可悲了，她口中所有的美好，所有松鼠对她的好，在松鼠这里都完全变了样子，鹿鹿像是爱上了自己爱情的幻象。

我对松鼠说："是你配不上鹿鹿。"然后我转头就走。松鼠在我身后大声喊："你听我解释。"

解释解释，解释什么解释！

9

鹿鹿一瘸一拐地出院了，我搀着她走得很艰辛，当我理智地把松鼠说的话原封不动地传给鹿鹿的时候，鹿鹿的表情很平静，她叹了一口气说：“原来这么多年我爱的不是他。”

鹿鹿看着我说：“谢谢你。”

我又抱了抱鹿鹿。鹿鹿紧紧抓着我的衣服，声音沙哑地说：“我想哭一会儿。”

后来的后来，没有人帮松鼠占位，百般寂寞的松鼠又回头来找鹿鹿，鹿鹿站在我身边，很平常地开口：“我想，我们是不合适的。”

松鼠大声说：“你不是很爱我吗？”

鹿鹿笑了笑：“那已经是很久以前的事了。”

故事的最后，鹿鹿有了一个新的男朋友，那个男朋友骑着车风风火火地带着鹿鹿走过大街小巷，那个男朋友在期末考试一星期五点起床去图书馆帮鹿鹿占座，那个男朋友会带着早点等着鹿鹿自然醒走下来……

鹿鹿站在穿衣镜面前自恋：“哎哎哎，我是不是美翻了，要不然怎么会有这么好的男生对我死心塌地呢？哎哎哎，你不说话是不是因为嫉妒我？哎哎哎，你说那个谁现在是不是后悔死了？”

我笑着飞快地移动着手指，打上了一句话——曾经我们爱上的是爱情，后来，我们爱上的是爱人。

再爱的人，都会有遗忘的一天

文/花小雨

1

阿布结婚了。在她得知这个消息的时候，埋头数着日历算了算，他结婚的日子正好是他们分开后的三年零两个月二十四天。

没有收到任何通知。起因是还有三天就要过生日了，她低头看着颈间的项链，就想起了他。

那时他还是个穷学生，为了送她一份生日礼物，辛苦熬夜打了一个月的游戏代练。想起他，迟疑地搜索了他的QQ资料，于是，就有了后来的泪眼横飞。

他的头像换成了醒目的婚纱照，穿着新郎装幸福地咧着嘴角抱着同样幸福微笑着的新娘子。那一刻，她甚至都没有来得及思考，眼泪就汩汩地流出，砸在心上，疼得不知所以。新娘的红色礼服在她眼前，模糊成鲜血的红，夹杂着腥味。

阿布结婚了，是在十天之前。

她努力地在想十天之前是什么日子，他结婚的当天她在做些什么。那天，她竟没有一丁点的预兆或者感应吗？苦思冥想之后，她想在他人生最重要的那天，她依然过着无数个平常日子一样的日子，吃饭、睡觉、上班……

她喝了两瓶啤酒，脑袋昏沉沉地躺在床上，闭着眼睛哼歌，想到什么词就哼什么，也没个完整的曲调。一边哼着歌，眼泪一边顺着她的眼角往下淌，也不知道是什么时候睡着的。

三年多了，心还是生生地为他疼着。而且，她不知道什么时候是个尽头。

2

她两眼潮湿，几近绝望地看着他问："你是不是不爱我了？"

他躺在床上，甚至没放下手中的瓜子，一边嗑着瓜子，一边那么随意地回答了句："是，我不爱你了。"

当她听到那句"我不爱你了"时，一脸愕然，脑中一片空白，突然就看不见近在咫尺的他的样子，因为她早已泪眼模糊。

她不知道这一个月发生了什么，只是感觉到他的态度越来越冷漠，甚至几天也不会主动打一个电话。她跟他吵，跟他闹，他就"啪"地挂了电话，急得她一点办法都没有。

时至春运，没几天就要过年了。她匆匆打包了行李，没顾家人阻拦，执意要去找他。她想一定要跟他当面说清楚，才分开没多少天，怎么突然就变了个人似的。他们在一起三年，他可从来没有对她做过任何过分的事，甚至都不会大声对她喊一句。

长途跋涉，又赶上春运，她只买到了站票。站了九个小时之后，又换乘了四个小时的汽车，才到了他的镇上。一路上，她身子瘫软地几次想哭出来，心里却想着，快了，快了，见到他就好了。

“我不爱你了。”这是她一路艰辛得到的答案。她心灰意冷地开始打包行李，静默在一旁的他眼神复杂地看着，不曾阻拦，也没说过一句话。她叠着衣服的手在颤抖，真怕自己眼前一黑倒下去。她的心是有多疼啊，他竟然一点都感觉不到，或许她自己也不知道。

他们之间怎么了？她无从知晓。但她知道，他说的这句话是真的。从她来的这几天看，他俨然已经不是从前的样子了。距离和冷漠突然就横在了两个人中间，多次她想探其原因，喊也喊了，哭也哭了，他不是说着“根本就没什么，是你想多了”，就是沉默着不理她。

在一起生活了三年的男人，突然就变得陌生了。那诡异的气氛来得猝不及防，来得莫名其妙，来得她毫无应对之法。

还爱着，可以吵到天翻地覆。还爱着，可以闹得天崩地裂。还爱着，可以为你不辞辛劳，为你奔赴千里。还爱着，一切妖魔鬼怪都不可怕。可当对方真真切切地说出不爱的时候，你就变成了小丑，你所做的一切都是在践踏自己的自尊心。

天空飘着细细的雨丝，天气阴冷。她拖着行李走在前面，他走在后面，一路上彼此都没说过话。买了车票，进站等车，彼此的表情都是各怀心事的漠然。直到火车进站，她的眼泪突地就“嗖嗖”地抑制不住地往下掉。她怕这一辈子都看不见他了，越想越伤心，直到走的这一刻都不知道到底是因为什么分的手，对方冷漠的态度又容不得你放下自尊心再去追问什么了。

上了火车，她含着眼泪回头看他，他的眼睛里还是写满了陌生。她想这个人也真是绝情啊，三年来，她从来都不知道他是如此决绝的人，尤其是对她。

车子缓缓前行，她就那么一边掉眼泪一边盯着他站的地方。最后一刻，直到最后一刻他在月台上看着车窗里的她，眼睛里的神色才变了，有绝望，有无奈，虽然眼神复杂，但是她认出来了，这才是我熟悉的他，带着怜爱的眼神。

这一别，他们再也没有相见过。他最后那个眼神让她纠结得难受，却没有人肯给她解释。他不再接她的电话，也不回消息，慢慢地删了所有的联系方式。

3

心疼，疼得撕心，手在发抖，整个人都在发抖。眼泪，都是眼泪，一直掉，一直掉。她似乎坐都坐不稳了。

“骗子，都是骗子。”这是她脑袋里面被炸开后，仅剩的一句话。

偶然地，从朋友那里看见了他和新女友外出游玩的合影。开始还心酸和记恨，嘴上也骂着，怎么会找个这样丑的女朋友，也太胖了，不就是小学校长的女儿吗，呸！在她胡思乱想，心里骂了他们一通之后，注意到了相册上的时间水印。

这不是新照片，是旧照片。只不过是刚发到网上而已，那个时间竟然是她离开他之后，不到一个月拍的。

她脑子里面突然就炸开了一条线，似乎一直以来想不明白的东西一下子全都理清了。他为什么会突然变得冷漠，为什么要跟她分手，这些让她一直耿耿于怀、困惑的问题似乎都得到了答案。

"背叛"，这是她想到的第一个词，他竟然背叛了她，很大的可能是他们还没分开的时候，他和这女的就好上了。她被骗了，被她认为一向忠厚老实的他骗了。当你发现你认为刻骨铭心的爱情，竟然存在"背叛"这么肮脏的字眼时，所有的美好一下子都幻灭了。

她觉得眼前的世界都黑了，坍塌了。崩溃的她抑制不住身体的颤抖。

"那个在我难过的时候，为我擦眼泪，甚至着急地抱着我自己也湿了眼角的人，是假的吗？那个下雨天把伞全撑到我这边，自己淋得一身湿的人，是假的吗？那个在我说水凉之后，再也没有让我洗过碗筷一件衣服的人，是假的吗？"无数个问题在她脑子里盘旋，想求证一切，又想推翻一切。

……昨日种种，小心翼翼保存的回忆，一夕之间竟然都变成了虚心假意的伎俩。

她一个人过得昏天暗地，哭得撕心裂肺的日子，竟然变得可悲起来。当她吃饭在哭，睡觉在哭，走路都在哭的阴暗日子里，他早已抱着新人笑，四处游玩了。

她盯着眼前的相片，狠狠地说了一句话：“只要你活一天，我就恨你一天，直到你死那天都要记得，这个世界上有一个人在恨你。”就算他听不到，她心里的怨恨却真真实实地存在着。她发誓，不再爱他了，要恨他一生一世，生生世世，永不遗忘。

4

她并不想虚度时光，抓着记忆不放，抓着那些过去不放。可一个人是没有办法去阻止回忆的，爱也好，恨也好。越刻意地不去想，却越记得清楚。

刚分开的一年多时间里，她似乎都在做梦似的过日子，所经历的人和事都像一场空白场景，一年就像昨天一天那么长。脑子里剩下的只有和他爱恨交织的回忆，再没有其他深刻的东西。

很漫长的一段时间里，他一直都是她揣在心口的疼，是午夜撕裂的哭声，是做梦都会痛醒的荒凉。

有些成长可能只是一觉醒来，也可能是无数个绵长的日子，也可能是要经历数年的执念。总会有放开的那一天，在此之前任何刻意为之都是毫无用处的。那些痛苦和黑暗是不可避免的，也没有捷径可走。

手心的温度和脚下的路，是你自己的事，但是生命中谁来谁走，你却无法主宰。但你要知道，没有人会死于悲伤，当一个人走完绝境就是峰回路转的时候。

她重新恋爱了。一个阳光开朗的男孩，每一个单调的日子都有了色彩，每一个周末都充满了期待。吃饭、看电影、逛街，做着每一对情侣都会做的事，享受着自己的幸福。日子慢慢拉长，又有了新的喜怒哀乐，关于她和阿布的那段感情竟然慢慢地不再想起了。

她和妹妹一起上了地铁，她盯着眼前座位上的人，心里想着好熟悉啊，长得真像我认识的一个人。下了地铁之后，妹妹说，你不觉得刚刚坐在你跟前的人长得像阿布吗？她顿时一惊，原来如此，一时半会儿想不出像谁，原来是像他呀，曾经她心心念念，爱了又恨，恨了又爱的阿布。

她只是无奈地苦笑了一下，果然，时间会改变一切，冲淡一切，治愈一切。这是她和阿布分开后的第五年。曾经爱得死去活来的人，变成了努力想都想不起来的人。

你并不会 失去爱的能力

文/蜜糖

炎夏七月，在某家商场某个品牌的试衣间外遇到了久未见面的C小姐，她一袭淡蓝色的波西米亚长裙刚刚遮住脚踝，一头微卷的栗色长发随意地披散在肩上。若不是因着旁边的男人喊了她的名字，还真不敢把眼前这个清淡如水的女孩和十年前的她联想起来。

那一年我们高一，学校是当地的重点，为了能有更好的成绩，我们挑灯夜读废寝忘食，只希望自己的努力能换来更加美好的未来。我们谈理想谈人生，玩笑着不知将来是读哈佛还是清华北大，然后再邂逅个英俊潇洒、人见人爱的男朋友。

可是C小姐的人生从那个夏日的傍晚便开始偏离了我们预想的正轨。那天上完了自习做完了作业，C小姐便离开了学校，却不想在回家的必经之路上，遇到了几个年龄不大却染着各种颜色头发的男青年，不怀好意地把她围了个严实。C小姐后来回忆起来的时候跟我说，那像偶像剧一样的情节就真实地发生在她身上，她靠在墙角拽着自己的书包尖叫，然后一个高大的身影一脚踹飞了欲行不轨的黄毛小伙，挥舞着拳头挡在了她的面前。C小姐就这样看着眼前的X先生如同踏着五彩祥云的英雄一般，如梦如幻地闯入她的生活，在那个16岁的夏天傍晚，残阳漫天。

于是情窦初开的C小姐一发不可收拾地爱上了X先生。可就如同并不是每一个骑着白马的都是王子一样，并不是每个出手救人的男人都是英雄。X先生并不是我们认为的维护正义的王子，相反却是个高中就辍学混迹于台球厅、网吧的浪子。他那时之所以会出手救C小姐，不过是前脚刚刚输了钱正愁没有地方发泄。可这场不大不小的乌龙，却几乎改变了C小姐的一生。

高一的下半学期，C小姐宣布她和X先生在一起了。我拼命的阻拦却只换来了她绝交的威胁。X先生起初跟她在一起纯粹是为了玩，一个连学校都没正经待过几年的小青年，和一个长得还不错的乖乖女。他带着她以女朋友的身份去台球厅见他的那帮所谓的兄弟，他带着她在街头吃烤串喝啤酒，他带着她走入了一个她从来不曾见识过的世界。可是渐渐地他发现，这个心心念念喜欢他的姑娘和他从前接触过的那些女孩不一样，他牵着她手的时候她的脸会涨红得像个熟透的西红柿，他亲吻她脸颊的时候她的身体抖得像个筛子，她会给他买好吃的早餐外加一杯星巴克的咖啡，然后还托朋友的哥哥帮他找一份稳定的工作。

X先生开始有意地躲着她。他确实没做过什么正经的事，但不得不说他还是个很善良的人。面对这样的C小姐，我想那时的X先生或许内心是极度害怕的吧，他看见她拿着一落千丈的成绩单暗自流泪，他也知道她偷偷地逃课出来只为了能看他一眼。原本晶莹剔透得像块璞玉一般的少女，渐渐学会了喝酒、脏话，X先生内心焦灼着，怕一不小心就毁了她。

两人交往一年后，X 先生提出了分手，C 小姐重重地打了他一巴掌，却在一周后搬进了他租的地下室。学校和家里都炸开了锅，她妈妈骂她不知廉耻，同学们也在背后议论纷纷。可 C 小姐却心如磐石般坚定地爱着这个甚至连底细都不清楚的男人。X 先生赶了她很多次，她就是死死地赖着不肯离开。慢慢的 X 先生投降了。他从台球厅、网吧里抽身而出，找了一份月薪只有一千多块的工作，谨慎地经营起和 C 小姐的生活来。他还把不大的小屋里又添了一张床，只为了和 C 小姐分开睡，能尽可能地好好保护她的清白。那时候看起来不可理喻的爱情，在十年后想起来，却是那样美好。

那样的生活没有持续多久，C 小姐的母亲带着几个人砸了 X 先生的门锁取回了女儿的行李，整个暑假把 C 小姐锁在了家里。等到有一天终于开学她重新被放出来以后，却发现 X 先生早已退了房子不知所终。C 小姐发疯一样地找遍了 X 先生常去的地方，费了九牛二虎之力才得知他被自己的母亲羞辱一通之后，只身去了南方的一个小城。

高三那年，C 小姐放弃了高考，一张火车票一个背包就远走他乡。

找到 X 先生的时候已经是傍晚，阴冷潮湿的雾气中，C 小姐哈着双手站在他打工的小超市外面，路灯昏黄一片。她说那时候真冷，可是心里却一点后悔都没有。X 先生推开门把她紧紧地搂在怀里，一个大男人哭成了个泪人。

此后的生活平淡也美好，他们一起打工一起赚钱，一起憧憬未来能够衣锦还家。X 先生每天想的就是如何赚更多的钱，有一天能体体面面地带着 C 小姐回家，面对自己未来的丈母娘。他租了更好的房子，他换了新的家具，他还找了更多份的兼职，可是再多的努力似乎也无法弥补心中对 C 小姐的愧疚。

C 小姐后来跟我说，X 先生总是觉得配不上她，可后来长大后才意识到，可能再没有哪一个男人能如同他那样掏心掏肺地爱她了。高三那年，我们纷纷等来了录取通知书，可是独自在小城的出租房里准备早饭的 C 小姐等来的只是警察的通知。X 先生在前夜的一场赛车事故中跌落山道当场死亡。原来他一直瞒着 C 小姐偷偷地在晚上参加摩托车的飙车比赛赚取奖金，她还一直以为他只是熬夜加班，却不知新房子、新家具还有她的新衣服都是他用一次又一次的搏命换来的。

我不知道 X 先生走后 C 小姐是怎么熬过来的，只是在第二年听说她拎着行李回了家，重新复读然后以高分考取了一所不错的大学，然后又继续出国深造。后来辗转联系到她，谈起那段没了 X 先生的可怕日子，她说她在两人的出租房里昏睡了很多天，在无数次噩梦中醒来，耳边全是挥之不去尖锐的刹车声，X 先生那夜出门前对她说的最后一句话是，等我回来，给你买漂亮的鞋子。我在电话这头强忍着不哭，电话那头的她却早已泣不成声。

那些年，她的父母也曾帮她安排过几次相亲，却都没了结果。一个爱骑摩托的英俊 CEO，还没开聊就把她吓得落荒而逃；一个带着她去看《速度与激情》的木讷理科男，才买了票却找不见了她的影子；还有一个不知从哪里听说了她以前的事迹，觉得她的历史过于复杂便取消了约会。那一次，C 小姐坐在人来人往的广场中央，看走过的哪一个男人都像极了 X 先生。除了个别的几个朋友，没有人知道，X 先生那几年从未碰过她，他把她护在手心里，像完璧一样呵护着，然后重新还给那个属于她的世界。

整整十年，她再没去碰触过感情，取而代之的是把所有精力都投入在工作上，把所有倾慕的男人都狠狠地挡在世界的外面。直到那个男人出现。

他虽然家里有两部车，和C小姐约会的时候却只骑自行车，他跟她约会的时候会避开一切关于车的话题和电影，他知晓她的一切，却绝不开口多问。他追了她很多年，默默地保护她不受伤害，一如当年的X先生。

在他俩认识五周年的时候，他对她说，能不能给我个机会，以后让我代替他爱你。她在他怀里哭得像个孩子一样。她说那夜她做了个梦，X先生站在崎岖的山路上微笑地看着她，像是临行前的告别一样，转身消失在漫天的光芒当中。

我很庆幸C小姐能够重新试着去接纳一个人，哪怕我和现在的这个他都知道，她心里最重要的位置至今或许永远都只会是留给X先生的，她最美好的回忆永远都定格在那个16岁的傍晚，他挥舞着拳头将她护在身后，一眼万年，红尘万丈。

有人总觉得开始一段新的感情是对过去的背叛，于是他们守着那些回忆把自己深深地埋在苦痛之中无法自拔，哪怕一丁点的幸福都觉得是对过去的愧疚。可是那不是深爱你的人的本意吧？他们陪你走过最难的时光，他们带你走进崭新的世界，他们希望的就是你能幸福，即使那幸福最终并不是由他们来亲自实现。或许情伤难愈，或许旧爱难忘，但我们终究不能停留在原地，还有无数风景在前方等着我们，等我们在漫长的时间中再创造一个个新的故事。

爱情和生活都是如此,挫折和打击无处不在,过去的已经过去,而我们还需要继续向前走。让自己过得更幸福,或许也是当初那个爱你如宝的人所期望的。

最后的最后,你才会懂得,你并不是失去了爱的能力,你只是还没遇到下一个对的人而已。

稻田镇的冬天

文/程沙柳

1

母亲见到我的第一句话是："怎么不多穿点呢？"我还没有回答，她就笑了起来，笑容里带着些许欢喜和另外一些疑似怜惜的东西。

我也笑了笑："没事，不冷。"母亲指了指一个方向："他在那里等我们，咱们快些过去吧。"

我点了点头，拖着行李箱跟在她身后。

稻田镇已经不再是当年的模样，到处都是新楼，和当年相比显得焕然一新。更重要的是，稻田镇已经通了火车，虽然只是一个很小很小的站，我却万般欣喜，因为可以从北京乘车直达这里。

母亲口中的他是她再婚的男人。那个男人我见过几次，四十多岁，比母亲稍微大点，说话的时候轻言细语，一脸憨厚，见到我的时候总是会露出很友善的笑容。

刚要走出火车站的时候，不远处一个骑摩托车的男人按了按喇叭，这就是他了。母亲突然拉着我的手，低语道："记得叫人。"我"哦"了一声。也难怪母亲会刻意提醒，之前见他的那几次，我都未曾叫过他，母亲也只能在一旁干瞪眼。

还未走近，他就从摩托车上下来，一边笑着和我打招呼，一边接过我手中的行李绑在车架上："回来啦！"笑容还是那么友善。

不知道怎么回事，这三个字让我心里涌起一阵酸楚感，就好像我回到了一个离开了很久的地方。"嗯，叔叔。"我脱口而出。

他停止了手里的动作至少有三秒钟，才恍然大悟，确定自己并没有听错。他显得有点儿手足无措，一边掏裤包一边说："那个啥，咱们去吃饭吧……你抽烟吗？对了，家里有酒，啤酒白酒都有，还有空调，很暖和的……"

2

虽然风衣很厚，但并没有帽子，摩托车疾驰的时候，肃杀的东风和摩托车带起的风，像刀片一样刮在我的脸上。我埋着头，希望能借此抵御一些寒冷，但用处并不大，索性迎着风开始欣赏四周光秃秃的树木和空旷的稻田。

到家之后母亲赶紧给我倒了一杯热开水，我拿在手上暖着手。一个带着老虎帽子的小男孩出现在了门口，歪着头，面无表情地看着我这个陌生人。

叔叔在一旁说："赶紧叫哥哥。"他没有理会叔叔，跑了出去，过了一会儿又用塑料盘子端了一些瓜子花生糖果进来递给我，我放下手中的杯子接住。他这才开始说话，用稚嫩的童音说："你们两个太不懂事了，家里来客人了都不知道拿好吃的出来。"我们三个都笑了起来。

我拉过他问："今年几岁了？"

他朝我比了比手指："三岁半了。"

我说："你这明明是三，不是三个半。"

他有些生气："你没看到我还有一根手指弯曲了一半吗？"我看了看他弯曲的手指，摸了摸他的头，实在是太聪明了。

屋外突然响起了一个老人的声音："威威，过来吃糍粑了。"他立马跑了出去。

他是母亲再婚后生的儿子，我同母异父的弟弟，虽然早就听说过他，但这还是第一次见到他真人。

叔叔不知道做什么去了，母亲开始从橱柜里拿出吃的往桌子上端。我望着一桌子菜肴，突然有种时光错乱的感觉，上次吃母亲做的菜，已经是近十年前的事情了。我突然有些难过，为什么她明明是我的亲生母亲，却没有在我的身边，想吃她做的饭却要坐二十多个小时的火车，还要顶着各种来自世俗的压力？

叔叔进来了，他的篮子里装着好几瓶酒，我看了一眼，白的啤的都有。

紧随其后，威威也进来了，他还拉着两位老人，威威向我介绍："这是我爷爷和奶奶。"我抬起头冲两位老人笑了笑，他们只是看了看我，没有说话。

虽然母亲的手艺依旧可口，不减当年，但这顿饭却吃得尴尬难受。我一直埋着头自顾自地吃着，母亲一家人在为各种琐碎的家事喋喋不休，谈得不亦乐乎，聊到高兴处举家大笑，却始终没人和我说一句话，似乎完全忘记了我的存在。

我很快就吃完了，起身的时候似乎才有人发现我，母亲和叔叔齐声问我："吃饱啦？"我沉闷地点点头，然后走了出去。

屋外依旧在刮风，虽然不大，却凉透心骨。

3

母亲正在为我铺床，我坐在一边用手机看小说，房间里很安静，只有母亲铺床单的呼呼声。

"沙柳，对不起，他爸妈本身就是那个脾气，我们……"母亲突然开口。

可能母亲也意识到了自己的语无伦次，说到一半就停滞了。

“我知道，妈妈。”看来母亲日子过得并不好，像几十年前的媳妇一样看婆婆和公公的脸色过日子。

叫出“妈妈”那两个字之后，我定在椅子上好一会儿，已经有数年未曾说出过这两个字，有些错愕和手足无措。虽然一直在心里默念，但真正叫出来的那一刻，却又显得那么唐突。

母亲停止了手里的动作，我也一直埋着头，不知道她那时候是什么表情，或者做了一些什么。不过这不重要，只要她没看见我镜片挡住的泪水就行。

那晚睡得异常安稳，母亲在床上铺了好几层，被子也很厚。我缩在暖和的被子里面，像小时候一样蒙住头，四周都是被子和洗衣粉的味道。和小时候一样，母亲用的依旧是同一款洗衣粉。

第二天醒来，母亲已经做好了早餐：甜酒煮鸡蛋，再加上几颗桂圆和红枣。这是稻田镇的人普遍认同非常有营养的一种吃法。

过惯了不规律的日子，突如其来的早餐让人有些欣喜。

威威走了进来，他依旧戴着昨天那个老虎帽子。我笑着和他打招呼，他板着脸，没有理我，却用眼睛斜视着我不放。

我以为是谁欺负他了，他脱口而出一句：“你不是我妈妈生的。”

站在 旁的母亲脸色很难看：“你说什么，再说一句！”

威威果真又说了一句，他指着我，对母亲说："他不是你生的。"叔叔不知道从什么地方冲了进来，一把提起威威，在屁股上狠狠拍了两下，边打边往外走。

一时间，门外响起了孩子哇哇大哭和两位老人上前制止的声音。

4

我在稻田镇整整生活了十四年，父母离异后，母亲就近在镇上找了个男人嫁了，离家几十米的位置。她说这样是方便照顾我。

这让我的处境很尴尬，明明是亲生母亲，却住在几十米远的别人家里，照顾和我没有任何关系的人的饮食起居。每次去看望她，我还得考虑蜚短流长。

而母亲每次见到我的时候都会说"我这里有好吃的"，她的这个"我这里"让我很难过，感觉我是客人。

在我二十二年的生命里，稻田镇占去了十四年，我最快乐最悲伤的记忆都在这里，重回故土，却是以旅行者的身份。

不知道是不是太久没有回来的缘故，稻田镇的冬天没有一丝生气，整个世界萧索荒凉，还刮着噬人的寒风。

我独自一人在空旷的稻田里走着，稻田镇以稻田多而出名，一眼望去，无边无际。一条白色的狗突然从前方朝我冲来，我还来不及反应，它就扑到了我身上，伸着舌头舔我的脸。我躲开了它，它依然在我身边摇着尾巴转圈。

这是母亲家的狗，母亲未改嫁时它还很小，见到我的时候总是追着我咬，当时我恨不得拿棍子打死它。它现在却变得如此识抬举，怪不得都说狗是人类的朋友。

身后响起了母亲的声音："回去吃饭啦，在这里干啥？这么冷的天。"

或许是刻意为之，这次饭桌上只有妈妈、叔叔、威威和我。叔叔温和地和我说着话，但我们没有共同的话题，简单地聊了几句之后就各自吃自己的。母亲没有和我多说什么，只是不断地往我碗里夹菜，叫我多吃点。威威跪在凳子上，面前一个大号的碗，他怔怔地看着我，有一搭没一搭地往嘴里放食物，没有说话。

八年未见，我以为和母亲会有一番感天动地，没想到却是如此平淡。时间改变了很多东西，我们各自都有对方无法企及的感受和生活，还有习惯。当你失去某一样东西很久之后，你就会慢慢习惯没有它的世界，即使你以前渴望它到恨不得放弃一切。

5

假期很短，明天就要启程回北京，继续湮没在城市的嘈杂和喧嚣中。

躺在床上半天无法合眼，母亲推门进来，手里拿着一个大碗，里面装着腊肉香肠，还有一些她亲自做的东西。她似乎特别高兴：

“看，这是我自己做的，城里是买不到的，你拿点到北京去吃啊。”

我有些感伤，笑容有些勉强：“好啊。”

母亲的失落爬到了脸上，她转身找了个袋子，往里面装那些东西。她背对着我：“沙柳，目前我只能为你做这些，希望你能理解妈妈……我……”

我突然想起中午她不停给我夹菜催我吃的场景，眼泪差一点就喷涌而出。

好一会儿，母亲才转过身来，坐在床沿上，面对着我：“你现在已经是踏入社会的人了，很多话和道理你都明白，但我还是想和你说，你要做一个好人，不要在外面做对不起良心的事，遇到困难要坚强。就像你的名字，沙柳，沙漠里的春柳。”

最后，母亲丢下一句“早点睡吧，明天还要赶火车”就走了出去，轻轻地带上了门。

我望着门，久久未曾移动眼睛。

我似乎感觉到，母亲在门外站了很久。

6

第二天叔叔骑摩托车送我去车站，临走之时威威突然从屋里冲了出来，抓住妈妈的大腿，边哭边说着什么。我没有听清楚，但我知道他是对我说的，我看着母亲。母亲翻译说："他说你是不是不喜欢他，不然为什么一直不和他说话，连走了也不搭理他。"

我一阵心疼，眼泪不自觉地涌出了眼眶，我走过去，蹲下，他哇哇大哭，张开双手朝我拥来。我抱住他，双手拍着他的背，他心碎的哭声在我耳边声若洪钟。

叔叔骑得很快，沿途的风景不住地往后倒退，整个稻田镇似乎变成了一幅抽象画。我第一次发现，稻田镇的冬天也可以这么美。

到了火车站，叔叔塞给我几百块钱，说是给我的路费，我不要，他硬往我口袋里塞，见他憋红了脸，我只好收下。

进站的时候，叔叔一直站在进站口看着我，我转身看他，他朝我挥手，笑容憨厚、和蔼。

L小姐
快到碗里来

文/宋染青

前阵子L小姐为了一个男人辞掉工作，从大洋彼岸回来，说要结束半生漂泊，做一个快乐的小主妇。

我和马洋洋都感到惊悚，先不说L小姐芳龄已经三十二，无论如何跟“小”已经扯不上半毛钱关系。再说主妇这个职位，真的能带给人快乐？

L小姐大笑三声：“我男朋友今年四十八，你说我在他面前是不是很小？主妇能不能带来快乐，那要看家用够不够多！”

马洋洋托住惊掉的下巴，默默给L小姐点了赞，便不再多说。

至于我……

我一向是和平使者，周旋于L小姐和马洋洋之间，什么时候他们吵架吵到难分难解，就是我发挥功效的时候。而关于L小姐择偶事宜，与我无关。

可惜不到两个月，L 小姐说发现男朋友得了不治之症，恐怕不能陪她走完一生。

马洋洋陪在 L 小姐身边安抚她，表面功夫做到极致，背地里跟我长舒一口气："还好 L 小姐没有折在一段不幸的婚姻里。"

我瞟他一眼："长舒一口气是什么意思？有本事挺身而出，做 L 小姐的男朋友，解救她于一段情伤之中啊！"

马洋洋中了激将法，立刻高声喊："谁怕谁！"

可 L 小姐一心想为这段爱情殉葬，陪男朋友走完最后一段路。这样有情有义的女人去哪里找，遇到就赶快娶回家。

马洋洋是行动派，跑到 L 小姐楼下高声表白。吵得四邻不得安宁，险些被泼一脸洗脚水。但马洋洋是谁，百折不挠，再接再厉。

L 小姐下楼把他臭骂了一顿："已经够烦了，别再给我添乱，还有，我一直以为你不喜欢女人。"

马洋洋说："你错怪我了，我百分之一万确信，我喜欢的是女人，尤其是像你这样的。"

L 小姐终于忍无可忍，骂的更狠了，而且越骂越激动。

一天，L 小姐说她男朋友病情再度恶化，非要跟她分手，说断然不能连累她。L 小姐一腔义气，就需要在这种关键时刻展露，打死也不肯分手。两个人形成拉锯战，竟然还吵了一架。

我给马洋洋使眼色，让他快把L小姐从火坑中解救出来。

马洋洋说："我不想管了，那女人榆木脑袋，怎么说都不听。"

我也有些恨铁不成钢。但感情这回事，谁说得清呢。我之砒霜，你之蜜糖。

之后的一周，马洋洋突然变得很忙，神出鬼没。打电话给他，只说是有人命关天的任务，我懒得再探听。这种从小到大顺风顺水，从来没经历过一丝波折的人，就适合做一些平头老百姓理解不了是奇葩事。

几天后，大少爷突然回归，说有重大发现。

"难不成发现了新大陆？"我心中暗笑，表面一副求知欲很强的嘴脸。

马洋洋说："L小姐那个男朋友多半是骗人的，看起来不像是得了不治之症。"

我说："东西可以乱吃，话不能乱说。你有没有证据？"

马洋洋说："他看上去没有一丝死气。"

我嘲笑他："别给L小姐添乱了。"

马洋洋很不乐意，朝我大吼："我说真的！我观察了好几天，他趁L小姐不在医院的时候，偷跑出去跟别的女人约会。”

他的大嗓门让我不得不正视这个问题，刚才的一席话也仿佛一声声血泪的控诉，在我耳旁回响。马洋洋出去一周，俨然半个侦探了。

我说：“那你打算怎么办？”

他说：“告诉L小姐，让这颗榆木脑袋开开窍。”

我说：“你不觉得事有蹊跷吗？她男朋友要是想偷腥，为什么装病进医院？装病就装病，为什么装绝症？他不知道这样没退路，将来不好收场？”

他说：“我怎么知道？”

我说：“既然那人是想通过装病甚至装死来甩掉L小姐，那我们更不该告诉她真相。戏总有演完的时候，到时候看他如何收场。”

他说：“宋卷卷，最毒妇人心说的就是你这号人！”

但是马洋洋真的没有告诉L小姐真相。他说到时候一定跟着L小姐去参加那男的葬礼。

我听了跃跃欲试。

人算不如天算，L小姐竟然知道了真相。跑来找我哭诉，趁她哭得上气不接下气，我发短信给马洋洋，问他是不是暴露军情了。

他指天发誓，泄密者被浸猪笼。我背后发寒，心想马洋洋连誓言都这样别出心裁。

L小姐哭着说她男朋友生病是骗人的，根本就不是绝症。

我说："那不是更好，你伤心什么？"

她说："他是想跟我分手！跟别的女人双宿双飞。"

我问："你怎么知道的？有证据吗？"

L小姐越发哭得伤心，她说在东爵广场碰见他搂着一个年轻小姑娘，怕隔太远认错人，打了他手机。眼睁睁看着他接了，问他在干吗，他说自己在住院部楼下的花园溜达。

L小姐忍不住跟我控诉："骗子！"

我说："那也不能证明他不是绝症，充其量证明他是出墙的红杏。"

她看了我一眼："好吧，我不该在这个时候讲究合辙押韵。"

她说："我去医院查了，就是普通的小毛病。那个所谓的主治医生是他的朋友，合起伙来骗我，就是为了让我给那个女的腾地方。"

我说:“这太有风险了,万一你是个痴情女人死活都不离开他,那他怎么收场……事实上你的确是个痴情女人。”

L 小姐说:“他也没料到我这么痴情。”

我问:“你都查清楚了?”

她说查清了,但是她绝对不会善罢甘休的。她打算将计就计,以后从早到晚地陪着他,他不是得了绝症就快死了吗,她得看看他什么时候死。

竟然跟我和马洋洋想到一块儿了,真是知己。可惜再次见面,L 小姐告诉我们她男朋友逃走了,不见人影。

一场战役还未打响,就已经失败。

L 小姐大受挫折,回家闭门不出。马洋洋楼下唱歌求开门,街坊四邻看不下去,纷纷站出来帮忙。

都劝 L 小姐原谅他,说小两口有话好好说,有问题好好解决,千万不要动不动就谈分手。

唯恐天下不乱的邻居们,连事情原委还没明白,就胡乱劝架。

L 小姐最终败给万能的邻居,给马洋洋开门。

马洋洋一踏进 L 小姐家,顿时傻眼。不知道的以为她家刚遭到洗劫，乱得一塌糊涂，再看L小姐本人，素面朝天，完全没有往日风采。

马洋洋叹口气："不就是失恋了，至于搞这样大的规模？"

L小姐骂他："少啰唆。"

马洋洋站在门口，满地狼藉让他无处下脚，只能从门口开始帮忙收拾，随地乱扔的衣服收拾到洗衣筐，美妆杂志全部摆好放在茶几上，过期泡面盒丢垃圾桶。嗬，不容易，这女人竟然记得给自己喂食。

直到L小姐家窗明几净，马洋洋终于得空坐下休息。L小姐坐在一旁打手机游戏，完全不理会他，一并无视他的劳动成果。

马洋洋看不过眼，让L小姐换衣服，带她出去吃东西。

L小姐不乐意，说："我刚吃完饭，现在不饿。你饿的话，厨房有一整箱泡面，随你吃，我不收钱。"

马洋洋没去厨房，转身去L小姐的卧室，从衣橱里拿出一堆衣服，扔在她身上。让L小姐快点换衣服，否则他就帮忙了。

L小姐只能乖乖去换衣服，一切收拾妥帖，一个小时已经过去。

马洋洋带她去剪头发，跟发型师说剪个干练的发型。让她从头开始，摆脱失恋阴影。

L 小姐本来极力反对，但是反对无效，最后只能妥协，还说自己破罐子破摔，早已经不在乎。

三下五除二，L 小姐的一头大卷发被修理成小短发。她站起来看着镜子里的自己，点了点头，以后可以两天洗一次头发。

马洋洋觉得自己快变成 L 小姐的御用保姆了，在她面前扮成娇弱的受气小媳妇，敢怒不敢言，跑我面前破口大骂过嘴瘾。表面一套、背后一套的男人，活该这样被虐。

我嘲笑他，马洋洋你怎么变得这么弱？L 小姐受了情伤，正是防守薄弱之时，不乘虚而入简直不是男人。

他大受刺激，又跑去 L 小姐家楼下唱歌表白。四邻都认识了这个苦命的小伙，被女朋友虐跟一日三餐似的稀松平常，纷纷给予同情。

L 小姐下楼见他，说：“街坊四邻都快给你收买完了。”

马洋洋鼓起勇气，大喊：“那你什么时候才能被我收买啊？”

L 小姐思考三秒钟，喊：“回去，马洋洋你还不赶快给我收拾屋子来。”

马洋洋立刻心领神会，就跟着 L 小姐走了。

朋友们都佩服马洋洋，收服了 L 小姐。马洋洋在大家面前也很自豪，说 L 小姐各种体贴各种温柔。

后来我就把马洋洋每天洗衣拖地买菜做饭的事情捅了出来，让他很没有面子，他就追杀了我三条街。

这个故事告诉我们，在爱情里如鱼得水、无比滋润的人，很可能转身就在吞砒霜，还得对着女朋友强颜欢笑，说这糖挺甜的。比如，马洋洋。

良人

文 / 郁小词

喃喃是极细致的女生，口红、粉盒、梳子、发夹都整齐地摆在梳妆台上。她喜欢在没有人的时候照镜子，昨天陈生夸她好看，今天对着镜子端详竟也觉得好看了几分。

喃喃出门的时候下起了小雨，碎碎地打在伞上，那伞碧荷叶模样，是上次去杭州玩遇雨陈生从西湖边的一家超市买的，那老板娘还温柔地笑他是“许仙”。

喃喃穿高跟鞋的时候走得很慢，斜斜的像初春的花枝。

陈生爱看她走路的样子，觉得俏皮可爱里还多了淡然清净。

喃喃到了超市一边看一边蹙眉思索着，这个月陈生睡得越来越晚了，买些既好吃又营养丰富的，狠狠地温柔以待。

红豆、橄榄油、西红柿、熟牛肉……又挑了几个红苹果，喃喃不敢买得太多，放久了就不新鲜了。

陈生教高三毕业班，这样的初夏是他最忙的日子。但他有喃喃，可以让他永远白衣如雪色，袖口的纽扣也是她亲自挑选了换上的。

想到这里陈生觉得这世间的烦心事就真的不值一提了，还记得刚认识的时候他24岁，喃喃18岁。他刚毕业，她才考上大学。

所有人都不看好他们的爱情，那时陈生也会觉得焦躁，他怕等她长大些就要嫌他老了。喃喃仿佛一直是不谙世事的模样，却不曾被任何人左右了想法，跟着他，一直跟着他。

大二的时候，陈生去了上海，喃喃留在苏州大学。那时候喃喃爱写信，明明可以一通电话说的相思，她偏要写信，每天晚上都写，第二天早上寄了才去上课。

“是几时接了梁鸿案？”陈生竟一时想不起什么时候爱上的喃喃，像不知几时门外的池水绿了，悄无声息。

办公室里的其他老师都已经走了，陈生想着改完了作业就早点回去，这几日自己的疲倦已经影响到喃喃的情绪了，不能让她过分担心。

“老师还不走吗？”敲门的是语文课代表，他的学生乔小乔。

陈生并未抬头看她，淡淡地说道：“这就回，批完今天的作业了。你早点儿回家，一会儿天黑了。”

乔小乔走的时候把门轻轻地掩上。

又过了一会儿，陈生终于把作业全部批阅完了，放下笔，手指在太阳穴揉了揉，手机有未读短信：“山有木兮木有枝。”

陈生皱了下眉头，陌生号码，他随手删掉短信，整理好东西准备回家去。

喃喃熬的红豆稀饭，熟牛肉炖西红柿是陈生偏爱的口味，桌子上孤零零地摆着两只碗。

陈生回来的时候喃喃正在写东西，电脑的亮度调节合宜，她的侧脸在傍晚天将黑未黑时由灯光一衬显得安静沉着。

“又写了这么多了。”陈生后面环着她，下巴抵在她的肩膀上。

“嗯，这篇影评写得我自己都感动了，趁着感情饱满就一下子打出来了。”喃喃漂亮地收尾，修长的手指在键盘上旋转跳舞。

陈生看她马上完事，转身去厨房把红豆饭盛到碗里，喃喃关了电脑过来坐在桌前。

两个人吃饭的时候很安静，喃喃极少打听陈生在学校里的事情。

陈生的手机又振动了一下，打开来又是一条短信：“你从灰蒙拥挤的人群中出现，投我以羞怯的微笑。若我早知就此无法把你忘记，我将不再大意，我要尽力镂刻。”

陈生一皱眉点了删除，喃喃在红豆饭里加了冰糖，抬眸时见他蹙眉，问道：“怎么了？”

“一些未处理的小事，是有些人见不得我耳根清净吧。”陈生笑道，他不想喃喃为这些琐事多思多虑。

喃喃给他添了饭，又吃完自己眼前的，起身坐到电脑前。

“出去走走再写吧，你这样可不是健康的生活方式。”陈生亦已吃饱，收拾了碗筷去厨房洗，这种你做饭我刷碗的分工是一开始就约定的。

“只差一个收尾了，你等我片刻。”喃喃说话的样子很安静。

陈生洗完碗坐在沙发上，看着喃喃清瘦的背影：“该有个宝宝了。”他突然冒出来这个念头。笑着摇摇头，只是想起，喃喃还小啊，他眼里的妻子还是初见时的模样。

喃喃写完的时候关了电脑，陈生起身牵了她的手一起出门。

街角的红裙子乍隐乍现，跟上来的是他的学生乔小乔。

“老师、师娘，晚上好。”乔小乔已近在眼前，冲他们打了招呼。

“晚上好。”陈生答道。

“出来买东西的，老师家住在附近吗？有时间去老师家蹭饭哦。”乔小乔笑得天真烂漫。

“好，你师娘做饭很好吃的。”陈生随口应承。

“那我不打扰你们了，再见。”乔小乔跑步离开。

“师娘长得跟仙子一样静好。”乔小乔有些失落地想。

有一种淡淡的忧伤……

乔小乔在日记里写道：就在下午，陈生站在校门口，我走上前想和他打个招呼，在我快要走到他面前时，他一扭头就和别的老师聊天了。然后我连和他说句话的机会都没有。

陈生最喜欢的感觉就是初夏的早上，老师在讲课，窗外一片嫩绿，还有悦耳的鸟鸣。上课的时候向窗外看去，枝丫嫩绿，轻轻的阳光，更轻的风。街道上两排梧桐树也是一眼望去尽是绿，顿时一整条街都变得可爱了。

尤其晚上 6 点多快 7 点的时候，在上晚自习，然后就听见了一阵阵的倦鸟归林，这种感觉实在太美好。

乔小乔看着讲台上的陈生有些难过——他曾笑到癫狂哭到沙哑吗？在他三十年的生命中到底经历了多少人和事。

可是，我却连他的手都不能牵，那样宽厚的手掌啊。同学说，陈生不是一个温情的人。可我为什么觉得他就是一个温情的人，或许是我对他抱有的幻想？

陈生注意到乔小乔最近总是走神，他皱了皱眉。少女的心事他故作不知，他想起那年 18 岁的喃喃，那一袭浅色的裙子呵。

随着高考的日子越来越近，陈生开始在学校逗留的时间越来越长。喃喃常一个人在黄昏的时候趴在窗台前看楼下的行人来来往往。

喃喃把电脑送去修了两个月拿回来的时候，隔了很久再次用上了电脑，发现只能百无聊赖地盯着屏幕，似乎什么也不想做。

喃喃开始注意到陈生经常蹙着眉头发呆，心事重重的。她知道该是和那个叫乔小乔的女生有关系，那女生加了自己微信，虽然从不说话，但时常点赞，心思都浮在表面上。

喃喃在陈生面前心知肚明地不动声色，背里也曾觉得懊恼，她到底是不善吃醋的。

荷花又开了的时候，高考成绩出来了，乔小乔去了苏州大学。喃喃知道这事后有些惆怅，真是个偏执的女生。

假期的时候，陈生带着喃喃从南京开始重温旧梦，那时秦淮河的水，那时周庄的桥，那时西湖的伞……

在西湖的断桥上，陈生从后面把喃喃搂在怀里低声说道：“谢谢你一直在我身边。”

“傻瓜。”

“我知道你什么都清楚，你只是没说。”

“因为我相信你呀。”

“嗯，我从来没回过她的短信。”

喃喃闭上眼睛，她很想说：“那女孩儿像18岁的我。”

陈生更用力地抱着她，仿佛一松手就会丢了一样，他说：“我这辈子就捡到这么一个宝，要捧着含着，要永远放在心尖上。”

喃喃笑他变得肉麻，却往怀里靠了又靠。对女生来说，这世间最好的事莫过于遇一良人，终此一生。

回去的路上抬头看月亮，很圆，很亮，连上面的阴影都看得见。

有一大片一大片薄薄的云层从它面前移过，也就像是月亮在云海中前行。

我们的孤独是一座花园

文 / Pluto

A

我一直相信，无论多无趣的人生，都注定会见证一些不平凡。拿 1999 年来说：这一年，我国对澳门恢复行使主权，中美达成关于中国加入世贸的协议；这一年，欧元正式启用；这一年，我们的地球，这个已经活过了漫长岁月的老人，忽然变成一个不甘寂寞的小男孩儿，向全世界抛出一个关于“末日”的命题；同样也是在这一年，我和苏克 14 岁。我忍受着暗恋的煎熬，苏克忍受着骨骼生长的疼痛——在一系列国内外重大事件之后提起这些，似乎有点儿鱼目混珠的意思。

12 月 30 日，星期四，我决定告白。深夜 11 点 30 分，我穿过长长的走廊，来到那个暗黄色的公用电话旁边。整层楼只有这一个电话，可在安装了半年后的今天，它依旧崭新如初。几天前，我还听到过两个志愿者的谈话，其中一个问：“这也太新了，难道这儿的孩子都不打电话吗？”另一个人反问：“又不是住校，谁和他们联系呢？”毫无疑问，在他们眼里，这个崭新的电话亭已不再是一个冰冷的机器，它成为某种象征，指向我们被遗弃的生活，以及他们想象中的、一切孤苦无依的场景。我轻轻叹了口气，他们发现了我，那种高谈阔论时惯用的神情立刻变为慌乱。一个生下来就被父母遗弃的人，其实并不痛苦，那些欲望尚未开封，你没有得到过，所以无从谈起失去——其实我很想跟他们说说这些，可又觉得他们未必明白。

我从口袋里掏出电话卡，握在掌心，三十块的面值，我省了四个月——自从知道有“世界末日”这回事，我就开始攒钱，因为我知道那个苦苦寻找的表白时机终于来了。当整个世界开始地动山摇，我已经站在电话亭旁，拨通那个曾被他留在黑板上的号码，然后对他说：“陈夏，我喜欢你。我叫黄静观。”如果时间算得正好，会有一块预制板不偏不倚地砸下来，省却了令人尴尬的盘问与对质。而如果他活下来，他会永远记得我的名字——这是我幻想了无数次的场景。

深夜11点55分，地面终于开始出现一种微小的震动。一切都和计划中一模一样。我果断地拿起听筒拨了号码，几秒钟后一个男声从听筒那边传来：“你好——”他的声音有点模糊，像是刚睡着不久。“陈夏，我喜欢你，我——”和预想不同，我没有报出自己的名字。因为我很快就发现，预制板压根没有掉下来的意思。而刚刚那波震动，是我最小的妹妹“咕咚咕咚”跑过走廊发出的，她总是忘记穿鞋子。

“我非常非常喜欢你。”说完这句话之后，我飞快而狼狈地挂掉电话。房间空荡荡的，月光顺着窗帘缝儿透进来，在地板上斜切了一小片光亮，婆娑的树影像缓慢摇动的水中植物。这里曾是我和姐姐共同的卧室，她因为先天性心脏病，4岁时被父母遗弃。所有人都喜欢她的微笑，所有人都愿意为了延长她的微笑而付出全部努力，所有人也都因为这微笑而忽略了她患有严重抑郁症。上个夏天，期末考试结束的当天晚上，拿到第一名的成绩之后，她安安心心地吞了四十片安眠药。入睡之前她问我："静观，你会永远记得我吗？"我点了点头。当我清晨醒来的时候，她已经死了。

我站在黑暗里："苏克，苏克你在吧？"很多女生有本事把无所适从处理成一种恰到好处的慵懒，可我总会把它直接表达成慌乱与不知所措。"姐，我在这儿。"窗帘动了一下，一个黑色的剪影闪出来，"我刚才还以为咱妈来查房，所以就躲了一下。"

我松了口气，往床上一倒。苏克嬉皮笑脸地靠近我："姐，你猜我今天为什么来找你？""为什么？""因为我猜你告白的时候肯定没敢说名字。""你就是欠骂。"我狠狠地白了他一眼。"我就是想让你一乐嘛。"他翻了个身，胳膊支撑着伏在床上，手指在我的头发上认真地绕着卷儿。"你是为了让自己一乐吧，明天就走了，说话还这么不给人留念想。""干吗又提这事儿。""许你往我心里丢火柴，还不许我往你心里扔摔炮儿吗。""摔炮儿算什么，你这是往人心里捅刀子。"他边说边揉了揉胸口，瞧我满脸幸灾乐祸的神情，又说了句："我早就看透了，姐，你其实真不是什么好人。"

我其实真不是什么好人——从记事起这个念头就无师自通地伴我左右，可我却不知道该如何给它一个恰当的定义。很显然，它不是一个暗示，也不是一种假设，它确确实实存在，并且影响着我的现在进行时。

我的成长照搬了"最省心最乖巧"模式，不尿床，不剩饭，不和哥哥姐姐们吵架。而且我教会自己认同这样一个逻辑：世界为我提供的一切都是公用的。在我的字典里，“嫉妒”被替换成“羡慕”、“失望”被替换成“惋惜”、“厌恶”被替换成“忍耐”。

苏克是我的弟弟，5岁那年被父母遗弃，辗转来到儿童村。1991年正月初一，那是我第一次见到他。时至今日我都记得，当他被妈妈牵着手领进来时，满脸灿烂的微笑。妈妈常对哥哥姐姐说：“来到这儿，成为一家人，就要学着忘记过去，无论是好的，还是不好的。”一件事作为要求被提出往往意味着，对很多人来说，它难如登天。就比如我的很多哥哥姐姐，只要你和他们对视超过十秒，你就明白，对于过去，他们其实一点儿也没忘，那些回忆密密麻麻地在他们的心中围起了一圈茂盛的篱笆，他们夜夜起身，为它施肥浇水，而苏克不同。乍一看，他的眼神或许透着点儿伤心，可是当你试着打碎这片伤心，去探寻更多复杂的情感，却发现一切都戛然而止了——敢情这小子天生就是这副表情。于是所有的事情都从放不开手脚变得顺风顺水起来。“苏克，捡球去”“苏克，给我拿个苹果来”……苏克是大家最爱使唤的对象，可我从来不，我扮演的角色永远是无条件关爱弟弟的好姐姐。直到那天我削了一个苹果递给他，他接过来的时候忽然说：“姐，其实你不是什么好人，对吧。”“你怎么知道？”我表现出来的惊讶不及心中的十分之一。“因为我妈妈说，一个人不可能永远都对另一个人好。如果真有，肯定是装的。”苏克一字一顿。“我是在装，你也是。”我伸出手指，轻轻滑过他的眼睛下方，只有眼泪的连续冲刷才会让那里的皮肤变得那么干燥。“我只是想让他们来接我。”苏克的声音低下去。在我们平日里见怪不怪的伤心眼神下面，在那片我们自以为是的空白被打碎的时候，有一泊深深的湖。

那天之后，我和苏克成了整个儿童村最亲密的人。在外人眼里，我们都是再听话不过的孩子，可只有我知道苏克是个爱哭鬼，也只有苏克知道我会说刻薄话。我们长久隐藏的脆弱和邪恶，终于在对方出现之后有了着落。

童年像个坩埚，我和苏克是里面煎熬的金属。或许正因为如此，苏克才很热衷于计算我们认识的时间。他经常会在一个普普通通的日子里，字正腔圆地说出我们已经认识了多少天多少个小时。普通的日子被一再精确，就往往会染上煽情的嫌疑，我总会用嘲笑表达不满，而他依旧乐此不疲。“我们已经认识了2918天”——这是1999年除夕那天，他告诉我的。我大概会永远记得这个日子，因为就在说完这句话之后没多久，他就开始飞速地成长，或者说，是生长——他告诉我，他觉得全身的骨骼每时每刻都在生长，他经常会在半夜痛醒的时候听到它们搏斗时发出的“嘎巴”声，他甚至害怕它们会刺破肌肉与皮肤。起初我怀疑这一切不过是他神经过敏，可当几次看到他新买的合身的裤子很快就会吊在脚踝处时，我就明白，上帝把苏克的时钟拨快了。

苏克去拿诊断结果那天，我自告奋勇陪他一起。对我来说，他的飞速生长是一个久久不落的悬念，一个没有箭头的指向标，我迫切地想要知道这一切究竟会在何处尘埃落定。等待了一小会儿，我第一时间知道了结果：基因突变导致生长速度过快。医生说，苏克的身体已经19岁了。这就意味着，在不到十二个月的时间里，他的人生已经过去了五年。

时间又回到1999年12月30日。“姐，我明天一早就动身。”检查结果出来后，苏克就计划着离开儿童村。“想起来就回来看看，想不起来就算了，谁离了谁都照样活着。”苏克沉默了一会儿，“姐，其实我不想走的，可我不知道应该怎么解释。”他伸出手，在月光前面挥了几下，“拿了诊断结果之后我就想，我爸妈大概就是因为这个才不要我的吧，可能之前也有过犹豫，但是一想起总有一天要面对一个比自己还衰老的儿子，就觉得不能容忍了吧。”“不是每个人都能容忍生活中的变数。”“那你呢，姐？”苏克翻了个身。“我不知道，可我希望你走，苏克，你会有比我们所有人都精彩的人生。”我说得无比认真，然后苏克就笑了：“姐，认识这么多年，你终于舍得对我说句人话了。”

12 月 31 日，我的弟弟苏克离开儿童村。我依旧在六点半睁开眼，阳光冷冷清清地透过窗帘照在我的脸上，末日没来。我心里唯一的念头是：没把自己的名字告诉陈夏，果然是个明智的选择。

B

陈夏告诉我们，学校会在四月中旬举办一个作文比赛。于是整个寒假，我都把自己关在屋子里写作文，每天一篇，用那种三百字一张的绿格子作文纸，写满两页又十行。也许我有必要说一下，和“每天一篇作文”构成因果关系的不是“学校”，不是“比赛”，而是陈夏。

陈夏是我们班的语文老师，可我更愿意表述为“我的语文老师”，这个无聊的文字游戏总会让我错觉自己离他更近了一点儿，但我猜，全校大概找不出第二个和我有相同想法的人。王尔德说：“世界上唯一比被人议论更糟的，就是没人议论。”如果陈夏认同这句话，那他的生活一定过得有滋有味。从他本科毕业接手我们班开始，学校里关于他的是非就一直不断。有人说他不负责任，还有人说如果教导主任不是他叔叔，就凭他的教学水平，再过十年也进不了这所市重点。愤怒归愤怒，平心而论，陈夏的确不会当老师，他好听的嗓音在念课文的时候永远死气沉沉。班里有人瞌睡，他发现了，只淡淡一句“让他继续睡吧，别打扰他”。声音里却不是关怀，也不是不屑，而是一种带着不在意的客气。可就算这样，我依然无可救药地喜欢上了他，因为在一次作文课上，在给全班集体判了不及格之后，他问我们：“知道为什么吗？因为我从你们的文章里看不到理想。”他的语调无比轻描淡写，可我确定，在说出“理想”这两个字时，他的眼睛被点亮了。当这个词长久以来作为一个僵死的符号存在于我们被唾弃的范围内时，有一天，它终于因为一个人的表述而起死回生。

初二下学期，我暗恋陈夏整六个月。当暗恋积攒的情绪达到饱和，我开始迫切地需要释放，南枫恰好就出现在这个时候。我还记得我俩第一次说话的情形，那是她转到我们班的第二天下午，我坐在操场的看台上，她忽然走过来对我说：“你觉得吗，陈老师领带的颜色特别漂亮。”这是个绝妙的开场，四十分钟的课间休息因此变成了一场以“陈夏”为主题的八卦讨论会，看着她眉飞色舞的神情，我忽然有种高山流水遇知音的感动，原来这个世界上还有人像我一样，把无限的热情投入给一个触不可及的人。上课铃打过第一遍，我们恋恋不舍地走回教室，一个身影忽然出现在拐角处。“陈老师！”南枫大喊一声，然后就以最快的速度冲上前，一把搂住陈夏的胳膊。我还没反应过来，她就又以最快的速度跑回来：“你刚刚干吗不跟我一起？”她瞪着我，她的眼睛漆黑而无辜。“我不知道该跟他说什么。”我有点儿难为情。“你这是叶公好龙，太不好了。”她怪我，转瞬又笑起来，“刚刚我对他说：‘陈老师，我喜欢你领带的颜色，能送给我吗。’他回答：‘还是算了，其实你的胸章也不错。’”她神情中透出的那股满足劲儿让我觉得羡慕。“静观，”她勾着我的脖子，“下次再遇到这种机会，我一定带着你，不抱白不抱。他再让人喜欢，也不过就是个老师嘛。”

看着她飞扬的神采，我就没告诉她，陈夏在我心里从来就不是老师。

比赛截稿的当天，我去陈夏的办公室交作文。接过厚厚的一摞稿纸，他显然有点意外：“你是写了一部小说吗？”“是作文，我每天都写一篇。”他随手翻了翻稿子：“这么多。”我点头，又摇头，他笑了笑：“选一篇，顶多两篇，就够了，你自己决定。”于是我又抱着一摞作文从办公室里走出来，耳边传来南枫不遗余力的嘲笑。我朝她的后脖颈捏了一把，她痒得跳起来：“黄静观！你非但不听老人言，还不尊老爱幼！”她的语调和表情总是很夸张。“你以为谁都跟你似的不在乎，随便写一篇就交上去。”“对我来说，一篇和十篇没什么区别，反正都拿不到奖。”她像个孩子似的蹦跳着走在前面，忽然回过头，“你可别怪我喜欢陈夏喜欢得不够专注，比起以前，我这次已经很努力了。”

那时我和南枫已经成为无话不谈的朋友，我试着给她讲过苏克的故事，她听完之后轻声问我：“是开飞机的舒克吗？”这是南枫说话的一贯套路，她永远有本事瞪着一双大眼睛说着不着四六的话。就比如自我介绍的时候她说：“我叫刘南枫，不是刘兰芳。”“不是舒克，是苏克萨哈。”我无奈地回答。我的答案戳爆了南枫的笑点，剧烈的大笑让她说话的声音有点气若游丝：“我受不了了静观，你居然也会说出这么好笑的话。”她的笑点永远都这么低，可是我喜欢。我总觉得她身上有种什么东西在吸引我。可究竟是什么呢。我有一次认认真真地想了想，但没得出结论。

窗外干枯的草坪已经出现了模模糊糊的绿色，整个冬季，苏克只给我打过几次电话。“姐，我过得不好。我不知道什么时候才能熬到头……姐，你别刻薄我了，你说几句安慰的话给我听吧，我真的不知道什么时候才能熬到头……”他总是边说边哭起来。“我也不知道什么时候才能熬到头，但我知道，如果那天真的来了，你现在所有的不如意，都会成为回顾时最值得回忆的事。所以苏克，你得熬过去。” 我用力地握住电话，好像这样就能触到他。可是没过多久，他就从我的生活中彻底消失了，像一场梦一样。于是我知道，其实我是无能的，我的语言很苍白，可我用尽了全力。

作文比赛的结果是和期末考试分数一起揭晓的。“作文比赛第一名是黄静观，语文最高分是，”陈夏的眼睛在成绩条上来来回回地游走，“啊，语文最高分，也是黄静观。”那声与平日气质完全不符的“啊”让我觉得可爱又好笑，还不容回味，他就环视我们全班：“我分内的事都做完了，下学期会有新老师。”重重的关门声响起，我的心跌到谷底。

我冲进办公室，陈夏静静地收拾书桌。我想帮他，又觉得不合适。“有什么事吗？”他忽然这样问。我用力地吸了吸鼻子：“陈夏老师，你能不能继续教我们？”“不行。”他没有停下手中的动作。我强迫自己注视着他的眼睛：“可是我不想看到你教别的班，我不想每天在学校里看到你，可你却不走进我们的教室。”这是个矫情到家的表述，但我想不出别的话来。“别多想，”他淡淡地笑了，同时把一个档案袋装进双肩包，“我没有去教别的班，我辞职了。”“为什么？”“因为我想继续读硕士。”“毕业之后，你还回不回来了？”“回不回来又有什么关系，到时候你早就初中毕业了。”“但我可以为了你留级。”听我说完这句话之后，陈夏笑了，和平日里的扑克脸判若两人，办公室因为他的笑容而一下子亮起来。我也笑，我前所未有地觉得，自己离他那么亲近。

南枫的期末考试成绩在班里排到四十名开外，她决定找个人冒充父母去开家长会，最后找来了苏克——这些事都是我后来才知道的。其实那天，苏克原本计划接我放学，然后用有生以来第一笔有结余的工资请我吃饭，可在距离车站二百米的时候遇到南枫之后，一切都变得有点儿无法掌控。“叔叔好。”南枫走过去，乖巧地叫道。苏克假装没听见。如今的他有些抵触镜子，那张每天都变化的脸有时会让他感到害怕。可是这个称呼无疑是在提醒，比起一周前那个被中学生叫作哥哥的时候，他又无可奈何地变成熟了。“什么事？”他故作镇定。“您能帮我开个家长会吗？”

苏克愣了一下，他开始怀疑，自己的模样比想象中的还老，抱着破罐子破摔的心情，他问道：“你让我演你爸爸还是爷爷？”南枫低得有点儿可怜的笑点又被戳爆了。她的笑声里有一种莫名的夸张与张力。“其实我想让您演我表哥。”这句话歪打正着地填平了苏克心里的小坑：“我其实不太想去。”他做着象征性的推辞。“就当提前演练嘛叔叔，您以后有了孩子，总归都要去的。”南枫拉着苏克的胳膊晃动了几下。“我投降。”苏克无奈地举起手。事实证明，他所做的一切早已远远超过“投降”——他不仅在闷热无比的教室里坐了两个半小时，还在家长会结束时第一个冲到班主任面前。“您是？”班主任推了推眼镜。“我是南枫的叔叔。”苏克的回答底气十足。

家长会散了，苏克第一个推开教室的门，空荡荡的走廊上，南枫站在宽大的玻璃窗前，她的校服衬衣一尘不染，身后是傍晚被红与紫搅拌得无比瑰丽的天空。“叔叔我还以为您会半路就走呢。”“我把老师讲的所有的话都记下来了，你回去带给父母看。”

尽管看到她卷子时他就明白，她的父母或许根本不知道有家长会这回事，可苏克还是像长辈一样叮嘱。他从没见过这么爱笑的女孩儿，她笑容里浑然天成的亲昵让他忽然觉得，原来“叔叔”这个称谓并没有想象中那么让人痛不欲生。“我现在可能没法给你讲卷子，那些题我都不会。”苏克抬起头看了看屋外，窗外茂盛的树木提醒着他，春天已经在浑浑噩噩与无所事事中悄然离开。

打了鸡血的苏克用六天的时间啃完了整本数学书，在某个下午杀到学校，把南枫叫出教室，当着她的面解出了所有的题目。而我们一拖再拖的重逢也拜这次解题所赐而终于有了眉目。学校旁边的小咖啡馆里，苏克点了六瓶啤酒，我们像久别的老友一样相视无言，只是一再地举杯。第二瓶酒刚刚下肚，苏克的鼻子以上变成了深粉色：“姐，我不在的时候，你帮我照顾一下南枫。”他的容貌已经是二十多岁的成年男子了，可眼神依旧纯真。我用力碰了一下他的杯子：“你以为这是刘备托孤吗苏克，喜欢就追，有些事，只争朝夕。”“可是我真不想那样，”他用玻璃杯一下下地磕着桌角，“我没法跟她谈恋爱。可这几天总有个古怪的念头缠着我，我想为她做点儿什么。”“做什么呢？”“和爱情没关系，和她在一起，”苏克笑了一下，“很多事好像没那么可怕了。我有种当长辈的感觉。”“你想过自己为什么会有这种感觉吗？”“没有。”“那我告诉你，因为你除了当她的长辈之外，你没有别的选择。”有时候，两个人太熟最大的好处在于，对彼此的痛处一戳一准儿，借此弥补平时所有的亏欠与满不在乎。

距离“末日”半年之后的今天，我决定再次打电话给陈夏。线路始终繁忙，当我的耐心被一次次不停地拿起与挂掉听筒磨掉之后，它终于通了。“您别再劝我了叔叔，我刚才跟您说得很明白，我不喜欢你们学校评判文章好坏的标准，”他的语调是我从没听到过的激昂，“评判的时候，我多少次让你们好好看看刘南枫的文章，那才是真正在写作，不像你们选出的前三名，一脸替考试跑腿卖命的奴才相。所以，您选您的好作文，我读我的研究生，我们井水不犯河水。”他挂电话的声音刺痛了我的耳膜。回寝室的路上，这些话在我的耳边循环播放，我从来就不知道，在他做出这个决定的背后，隐藏着一个年轻老师的抗争，为了学生，也为了自己的理想。

但是总有哪儿让我觉得不对。

就是那段时间我遇到了这部电影：《上帝的宠儿》。其实它还有另一个名字，叫《莫扎特》。这个中规中矩的翻译直接导致人们将其误解成一部传记片，而忽略了其中绝对的灵魂人物萨利埃里，上帝给了他欲望，却没有给他同欲望相匹配的才华，所以他妒忌乃至疯狂。看到一半，我忽然大哭起来。

再次见到苏克的时候，我已经快要中考了。“姐，我想好了，等南枫中考结束之后，我就追她。你说得对，有些事，就该只争朝夕。”他不好意思地笑着，而一阵凉意慢慢地攀上我的后背，将我缓缓地拥住。

《上帝的宠儿》中，莫扎特恳求萨利埃里请国王来看自己的演出。萨利埃里什么都没说，最后国王自己来了，不知内情的莫扎特对萨利埃里感恩戴德。

中考结束之后，苏克还没有来得及行动，南枫就被父母转到了外地读书。临走前她抱了抱我：“静观，你得替我好好喜欢陈夏啊。”我点点头。南枫走后我打电话给苏克，一个小时之后我在候车厅见到他，他对我说的第一句话就是：“你到底想干什么？”

其实我什么都没做。只不过是考场上，当她轻轻地叫了几声“静观”，然后趁监考老师不注意把纸条丢过来的时候，我举起了手。然后刚刚，我把这一切告诉了苏克，仅此而已。

我是个初出茅庐的捕鹤猎人，三流的枪法让我误杀了秃鹰，于是有了白鹤报恩的故事。

“姐，为什么要这么做？”

“不为什么，只是想让我的枪法准一点儿。”

苏克突然用力攥住我的手腕，手指捏着我的腕骨，发出“嘎巴嘎巴”的声响。那种疼痛让我忽然想起两年前的夏天，有一天晚上他来到我的房间：“姐，我又疼醒了，我的骨头在响，我觉得很害怕。”他的声音有点颤抖，就像现在一样：“是你说过让我去追她的。”

“你知道她刚刚对我说什么吗，她说让我代替她好好地喜欢陈夏。”然后我就感到自己的手腕一阵轻松。“黄静观，我真恨我自己，为什么对你恨不起来。” 苏克眼眶泛红。

“那是因为你自己没本事。”

“黄静观，你真不是什么好人。”他的语气中有种温柔而咬牙切齿的味道。

C

我读高一的时候，苏克去了北方。没多久，我开始收到他寄来的杂志，他会在不固定的纸页上折角，翻开之后就是他的小说。我从来没有回复过，可他依旧在寄——我的缺点是只会和苏克记仇，苏克的缺点是不会和任何人记仇。这样的日子持续了三年，杂志终于变成了一本装帧粗糙的书。序言出自一个不知名的评论家之手，在最后一段中，他总结性地写道："我和作者有过一面之缘，在我有限的印象中，他是一个沉默寡言的中青年人。所以，当我读到他的小说，当我读到他小说中完好保留着的少年情怀时，我的惊讶大于惊喜。"其实不难看出这段话的潜台词是"年龄不小了还装嫩"，但也算歪打正着地说到了点子上。扉页上有一句钢笔写下的话："姐，我用了两年的时间，终于找到了这个可以让心真正驰骋的职业，弟弟苏克。"

苏克的日子并不好过，至少曾经是这样——"终于"这个词，多多少少地向我传递出这样一个信息。从便利店的服务员到汽车销售，他的工作一换再换。起初他以为只要自己走得够远，前方总会有一份好工作。可是几个月之后他就意识到，他所走过的长路，到头来不过是在画一个描摹了无数次的圈。"你会有比我更加精彩的生活"其实是一句鼓励。"鼓励"这种文体的特征是，说出的话语，往往比事实好得多得多。这些我都忘了告诉他。

同质化的生活步步紧逼的时候，苏克拿起了笔，他迫切地想要写点儿什么。听上去似乎有点儿感人，还有点儿励志。但实际上，真正让苏克决定以写小说为生的，其实是一件看似微不足道的小事儿——每找到一份新工作，他都要重新计算自己的出生年月，以便于和外貌匹配，必要的时候，还得虚构一些人生经历以应对别人的盘问。短短两年，他的出生日期已经从1982年变为1976年。苏克从来就不是个矫情的人，当年拿到诊断结果时他都脸不红心不跳，可这件事却让他恐惧万分，因为每次推翻和重建不是为了别的，而是为了实现一个更加衰老的自己。万事万物，都成了祭品，为了祭奠这最后的寂灭。只有写作不是。对苏克来说，写作所带来的重建，是他生活中唯一不会衰朽的存在。也只有在写作中，他可以把一切都抛开，在19岁的世界里驰骋。

城中有海，一次苏克坐在礁石上，涨潮的海水从四面八方包围了他，像一匹锦缎。天地寂静，唯有海浪拍打岸礁。海浪的欢笑让他再次想起南枫，其实他从没忘掉她。这份感情的非自然死亡，使南枫在苏克心中被赋予了某种象征意味。哪怕他们唯一的交际不过是一场家长会，可他依旧固执地认为，那是他人生最好的时光。

20岁的苏克，看上去已经是个不折不扣的中年人了，不过和真正的中年人比起来，体形还不错。“我胜在坚持。”苏克对着镜子里面那个没有发福，只是皮肤稍微有点暗黄的自己，努力地笑了一下。为了防止身体变胖，他每天都会频繁地去海边散步。秋天的小城是旅游胜地，拥挤的人潮成为海岸线上最漫长的点缀，人们从小贩手里买过五毛钱一袋的碎油条，然后丢给栖息在海面的海鸥。

在给海鸥喂食的人群中，苏克再次见到了南枫。她一边发出“呜噜噜噜”的声音召唤海鸥，一边把油条撒向空中。在犹豫了很短的时间之后，苏克走上前说：“好久不见。”然后他就有点后悔，因为南枫的眼睛里有一种一闪而过的茫然与陌生。好在只持续了不到一秒，她就露出了苏克记忆中最熟悉的笑容：“是啊，好久不见。”

苏克下意识地摸了摸自己的脸，南枫没有惊讶，没有质疑，更没有夸张地大喊“哎哟你怎么老成这样了”，这一切都让他觉得欣慰。“这么多年……”他深吸了一口气，“这么多年，你还好吧。”“我一直很好。”南枫笑了，“我一直都记得你，我没有忘掉你对我的帮忙。”这种有点儿官方的表述从她嘴里说出就显得格外真诚。“是吗，是吗……”语无伦次间，苏克觉得自己的眼泪悄悄地涌上来。“你结婚了吧？”南枫问。苏克摇摇头。南枫注视着苏克，忽然笑了：“我问了你，你为什么不问我呢？我以为你会问我‘你结婚了吧’，然后我就告诉你‘我快了’，这才是聊天的顺序呀。”

从那天开始，苏克成了喂海鸥的常客，他经常会买几包碎油条，在海边一坐一天。有时也会笑自己贼心不死，人家明明白白说着要结婚了，自己又在等什么呢。想到这里，苏克就会把油条用力地扔出去，“呜噜噜噜——”，所有的海鸥都腾空而起，它们灰色的身体像是灰烬，铺展在无边无际的天地间。

两个月过去了，苏克没有等来南枫，却等来了一个陌生的中年女人：“大兄弟，又一个人呢？”苏克不情愿地点点头。“离婚了，还是丧偶？”苏克迟疑了一会儿：“丧偶。”那女人笑得露出粉色的牙龈，“我有个老姐妹，前几年也死了男人——”她神秘兮兮地拉住苏克，向不远处指了一下，一个穿着大红色羽绒服的中年女人就站在那儿。“不了，谢谢……”苏克惊恐万分，可那女人的手就像爬山虎，牢牢固定在他的胳膊上。视线里忽然出现了南枫的影子，“我女儿在那儿！”苏克挣脱了女人，跑到南枫面前：“拜托你帮个忙，就说是我的女儿……拜托了……”

“你为什么不结婚呢？”天色渐暗，海把空气染成了蓝色。“我不想结。”苏克低声回答。“我听他们说，所有不想结婚的人，心里都住着一个不可能的人。”南枫的眼睛在暮色里一闪一闪的，“还是结婚吧，否则别人会觉得你不正常的。”“随他们怎么说，我不在乎。”苏克晃了晃手里的啤酒。“唉，我该说你专情还是多情呢。”南枫叹了口气。“你呢？什么时候结婚？”苏克问。“我们今天刚刚分了手，他说给我买了订婚戒指，可我压根不记得有这回事。”苏克鼓足勇气：“你记得吗，几年之前，我帮你开家长会的时候，我——”“我记得！”南枫轻声欢呼，“你帮我讲题，让我把所有的错题一道道地改过来。你是我初中的语文老师，对不对？”

“对。”苏克点点头，很由衷。

D

2008年春节，我们班举办了毕业之后的第一次同学会。宴会正式开始之前，班长起身：“今天咱们这个聚会，还来了一个有点儿特别的人，其实他也是咱们老师，但是，”他停顿了一下，继而语调夸张地补充道，“但是后来辞职了，为了理想。”

在一片零零星星的掌声里，陈夏缓缓地站起来。“你真会开我玩笑。”对于班长的发言，他只象征性地回了这一句。“其实我已经不太记得大家了，不过，谢谢你们还记得我。”然后他举起酒杯，“说别的都太虚，还是干杯吧。”

酒过三巡，大多数人都离开自己的座位，去别桌推杯换盏。

我没有酩酊大醉，可我让自己喝得比平日稍稍多了一点儿，因为只有这样，才能鼓起勇气去靠近那个最初的理想。“陈夏老师，您看起来还是那么年轻。”我在他身边坐下。从知道他会出现在聚会上的那一刻起，我就在要求自己不要仓促地表现出想念，可我失败了。“这是个好夸赞，男女通用。”他轻轻地晃了晃酒杯，“来，静观。”

我举着杯子的手停在半空：“您记得我的名字？”“我还记得你的姓，黄静观。”酒精让他的眼神和笑容都有点儿模糊。“你刚刚还说，你记不得我们了。”“因为这样说能省掉很多不必要的麻烦。”他的眼睛缓慢地一张一合，“我现在还经常会给学生读你写的作文。”“我写的？”“是啊。”他的语气平静又理所当然，那的确是一种用来叙述司空见惯的小事的语调，可对我来说，却更像是在听一个传奇。“你还记不记得南枫？”我试探着问。他摇头：“她今天来了吗，见了面或许会有印象。”

多年的心结就这么迎刃而解，与此同时我也听到了心中某种东西坍塌时发出的轰然声。眼前这个男人依旧英俊，依旧美好，可我那个锋芒毕露的偶像，已经在飞扬的尘土中碎成了一堆瓦片。“陈夏，我曾经喜欢过你。”不知是成全还是报应，七年之前，我无论如何也没有想到，说出这句话时，我会与他面对面，以这样坦然的心情。他淡淡一笑，把酒杯与我的一碰：“我干了，你随意。”

苏克去了南方之后，我一直都没有见过他。有一天他在电话中说：“姐，我最近经常能在自己脸上看到老年人的表情。”挂掉电话之后我忽然哭了。我想起陪他去医院拿诊断结果的那个下午，回家路上我们还像没事人一样地打闹，说着不着边际的昏话。

当每天困倦的时间越来越长，枕边掉落的头发里白色的越来越多，憋尿的时间越来越短之后，苏克嗅到了自己身上散发出的，老年人的气味。那天下午，他坐在长藤椅上打瞌睡，阳光暖暖地晒在他的身上，一股奇怪的味道忽然把他从睡梦中拽出，他猛地睁开眼睛，环顾四周："小张，小张？你是不是又把卷心菜放坏了？"小张是苏克请来的保姆，在他25岁生日那天。"家里没有买卷心菜，苏伯。"小张忙里偷闲地回答，她正在客厅里和男友煲电话粥。"苏伯，还苏泊尔呢。"苏克嘟哝着。他的耳朵时好时坏，就像现在，小张故意压低的声音依旧清清楚楚地传到他耳朵里："刚刚老头儿问我家里的菜是不是坏了，我是那么不靠谱的人吗。对，他就是有点儿老糊涂啦。"

弄清味道的源头之后，苏克重新躺回藤椅上。他开始明白，原来真正的衰老，并不是面容的变化，而是一种从里而外的腐朽。一个念头就在这时出现在他的脑海中，他再次冲着客厅喊："小张，你现在就去帮我订一张机票，然后咱们就结算工资，我得回家了。"

2012年秋天，苏克回到了童年生活过的城市。我到达机场的时候，飞机已经降落了半个小时。人潮拥挤的大厅，接机人的欢呼与尖叫声不停地爆炸在我耳边。"静观，我在这儿。"眼前的苏克穿着一件深灰色的风衣，戴着一顶鸭舌帽。"多少年不见，一上来就叫我名字，你有种再没礼貌点儿吗。"计程车上，我久违而用力地白了他一眼。"我怕当众叫你姐，你会假装不认识我。"说完之后他就大笑起来，全然不顾后视镜里司机一脸摸不着头脑的神情，我也笑："是怕别人拿你当神经病才对吧。"他安静地看着我，压低的鸭舌帽之下，是一张飞满了老人斑的脸："这些年我不在，你肯定装得特别累。”“苏克，”我认认真真地看着他，“苏克如果我跟你说，其实我当年没举手，我把答案写给南枫了，你信吗？”“姐，你得帮我个忙，”他从口袋里掏出一把钥匙，“你有事没事的时候，就来看看我。我怕自己有一天死在家里没人知道。”

其实入住没几天苏克就发现，想悄无声息地死在家里并不是一件容易事。他的住处旁边是整座城市的学校区，不知道是谁先发现的，总之没过多长时间，所有人都知道这里住着一个孤单的老头儿。没过几天，苏克的墙壁已经被擦得掉了漆。平心而论，苏克最不喜欢那些快毕业的大学生，因为无论聊什么，他们的腔调里都带着一种不搭调的讨好和奉承。“爷爷，您看起来最多60岁。”“老爷子，您看起来和我大伯差不多大。”听到这些，苏克总会在心里悄悄地骂一句“去你的，我才26岁”。不过他从来不会表现出来。“辛苦你们啦，冰箱里有饮料，想喝自己去拿啊——”他尽量地放慢语速，拉长音调。外貌并不是教会他如何成为一个老人，而是强迫他必须成为一个老人。“不用了爷爷，你只要把表扬信给我们写得好一点就可以啦。”“拜托啦老爷子，这个对我们来说很重要！”

那天下午，苏克家来了一群孩子。他们一窝蜂地冲进来，然后我就看到了南枫。“爷爷您好，我是附近幼儿园的老师。今天我们的小朋友说，想来给您唱首歌。”“这次唱什么呢？”苏克的神情中有种我无法理解的泰然自若。“什么叫‘这次’啊爷爷，我们明明就是第一次来嘛。”南枫有点儿害羞，继而微笑着看着我，“你是爷爷的朋友吗？”

“当年我那么恨她，她轻轻松松抢走了我所有的东西。所以我告诉自己，就当一次坏人，然后就收手……可我还是没那么做，我只是编了一个故事来骗你……你真的可以去问，我说的是不是实话。”孩子们站好队开始唱歌的时候，我附在苏克耳边轻声说。

“她没有抢走我，”苏克轻轻拍拍我的肩，“我还是你弟弟，不是她的。”

“我让你去问她。”

他温柔地劝我：“先听他们把歌唱完，其实这群小孩儿被南枫教得不错。”

“不行，你现在就给我去。”

“姐，你真是别扭。你没发现吗，她早就不记得你了。”苏克轻轻地叹了口气，“我几年前见过她一次，当时我就发现，她把我忘了。”他的目光没有离开这群孩子，“其实她经常会带着这些小朋友来我家，但她永远以为是第一次。她其实谁都不记得。”

失落吗？我在心里问。“又想往我心里捅刀子是吧。”苏克声中带笑，他微微瞪大的眼睛里，眼白已经发黄浑浊，“其实我总在想，记不记得我又怎样呢，反正所有的事情对她来说都是‘第一次’的。想起这些，我的心里真的好受多了。”

小合唱就在这时完满地收音，苏克用力地鼓起掌。“爷爷，我们唱得好不好？”南枫像个小女孩儿一样，兴奋得满脸通红。

“你们明天还来吧？”“当然了！”南枫斩钉截铁，“但我怕我忘了。”她掏出一个小记事本，边写边念叨着：“别忘了去爷爷家唱歌——”

或许明天她就会忘掉这句话的意思吧，苏克想。可她一定是希望能努力记住些什么的。就像自己，从来就不希望，用十一年的时间变老。

图书在版编目（CIP）数据

我愿与你不期而遇 / Pluto 等著 . — 北京：民主与建设出版社，2016.4

ISBN 978-7-5139-1049-1

Ⅰ . ①我… Ⅱ . ① P… Ⅲ . ①散文集－中国－当代 Ⅳ . ① I267

中国版本图书馆 CIP 数据核字（2016）第 063422 号

我愿与你不期而遇

WOYUAN YUNI BUQIERYU

出 版 人	许久文
作　　者	Pluto 等
责任编辑	韩增标　郎培培
装帧设计	繁体字设计工作室
出版发行	民主与建设出版社有限责任公司
电　　话	（010）59417747　59419778
社　　址	北京市朝阳区阜通东大街融科望京中心 B 座 601 室
邮　　编	100102
印　　刷	北京鹏润伟业印刷有限公司
版　　次	2016 年 5 月第 1 版　2016 年 5 月第 1 次印刷
开　　本	880mm×1230mm　1/32
印　　张	7.5
字　　数	150 千字
书　　号	ISBN 978-7-5139-1049-1
定　　价	35.00 元

注：如有印、装质量问题，请与出版社联系。